글쓴이 엘리자베트 슈타인켈너
1981년 오스트리아에서 태어나 자랐으며 빈에서 문화인류학을 전공했다. 동시, 동화, 청소년 소설 등 다양한 작품을 발표했다. 오스트리아 바덴에서 가족과 함께 살고 있다.

그린이 안나 구젤라
독일 베를린에서 태어났으며 베를린 바이센제 미술대학에서 시각커뮤니케이션을 전공했다. 일러스트레이터이자 그래픽 디자이너, 아트 디렉터로 활발하게 활동하고 있다.

옮긴이 전은경
한양대학교 사학과를 졸업하고 독일 튀빙엔대학교에서 고대 역사 및 고전문헌학을 공부했다. 출판 편집자를 거쳐 현재 독일어 전문 번역가로 활동하고 있다. 『16일간의 세계사 여행』 『커피우유와 소보로빵』 『청소년을 위한 천문학 여행』 『리스본행 야간열차』 『데미안』 『청소년을 위한 사랑과 성의 역사』 『나보다 어린 우리 누나』 등 많은 책을 우리말로 옮겼다.

일러두기

- 이 책의 배경인 독일과 우리나라는 음주 가능 연령, CCTV 설치에 관한 사회적 합의 등을 포함해 정서와 상황상 다른 면이 존재하지만 원서의 내용을 최대한 살려 옮겼습니다.
- 독일어로는 여성형 어미를 붙이지 않고 남성형으로 뭉뚱그려 표현하는 것이 차별로 간주됩니다. 이에 따라 원서에서는 '여성'이라는 성별을 강조하는 부분들이 있으며, 이를 우리나라 상황에 맞도록 성별을 강조하지 않는 방향으로 적절히 바꾸어 옮겼습니다.
- 한국어판 표지는 본문 그림을 활용해 완성했으며, 그림 작가인 안나 구젤라의 작품이 아닙니다.

스무디 파라다이스에서 만나

스무디 파라다이스에서 만나

글 엘리자베트 슈타인켈너 · 그림 안나 구젤라

옮김 전은경

우리학교

사랑하는 일기장.

사랑하는 노트.

(이렇게 부르니까 너무 물건 같네. 고양이처럼 불러 볼까?)

사랑하는 야옹이.

(아니면 귀족스럽게 불러 봐야지.)

사랑하는 레이디 다이(다이어리의 줄임말로).

좋아, 이제 그만하자.

일기장에게 말을 걸 필요는 없다. 일기장을 펼친다고 해서 일기장이 나에게 "안녕, 마이아." 하고 인사하지는 않으니까. 내가 나에게 직접 인사해야겠다. 이런 식으로 말이다.

안녕, 마이아!

마이아.

꽃과 성장의 여신이자, 다산의 여신.

꽃이 피고 성장한다니, 아름답고 좋은 일이다.

이제 곧 내가 좋아하는 봄이 오겠네!

그런데 다산은?

음, 그 부분은 그냥 넘겨야겠다.

그러니까 그냥 단순하게

maia

여신 이름 그대로 두지 뭐.

(루트, 지금 이걸 읽고 있다면 당장 내려놓는 편이 좋을 거야.

안 그러면 분명히 아주 끔찍한 일이 생길 테니까…….

알아들어?)

좀 전에 라디오에서 들었는데,
남자 이름을 붙인 태풍이 왔을 때보다 여자 이름을
붙인 태풍이 왔을 때 희생자가 더 많다고 한다.
태풍 신디가 태풍 찰리보다, 태풍 알렉산드라가
태풍 알렉산더보다 덜 위협적으로 느껴진다는 것이다.
그러다 보니 대피가 늦어져서 더 많은 사람이 목숨을
잃는다고 한다.

이런 점에 대해서 뭐라고 말해야 할까?

여자의 힘을 절대
과소평가하지 말라고!

주머니에 식비로 쓰려고 넣어 둔 3유로로

무엇을 살지 상상해 봤다.

A) 테이크아웃으로 카푸치노 한 잔

B) 학교 옆에 새로 생긴 건강식품 가게에서 파는
콩-망고 요구르트

C) 담배 껌 한 갑(헤헤) 아니면,

D) 약 0.000000000000000000001퍼센트
확률로 나를 백만장자로 만들어 줄
즉석 복권(혹시 그런 일이 생기면
쇼핑 계획은 완전히 달라지겠지.)

주머니에 든 3유로로 나는 결국

이런 것들을 샀다.

E) 함께 먹을 파스타 한 봉지,
토마토퓌레 한 캔,
사과 한 봉지

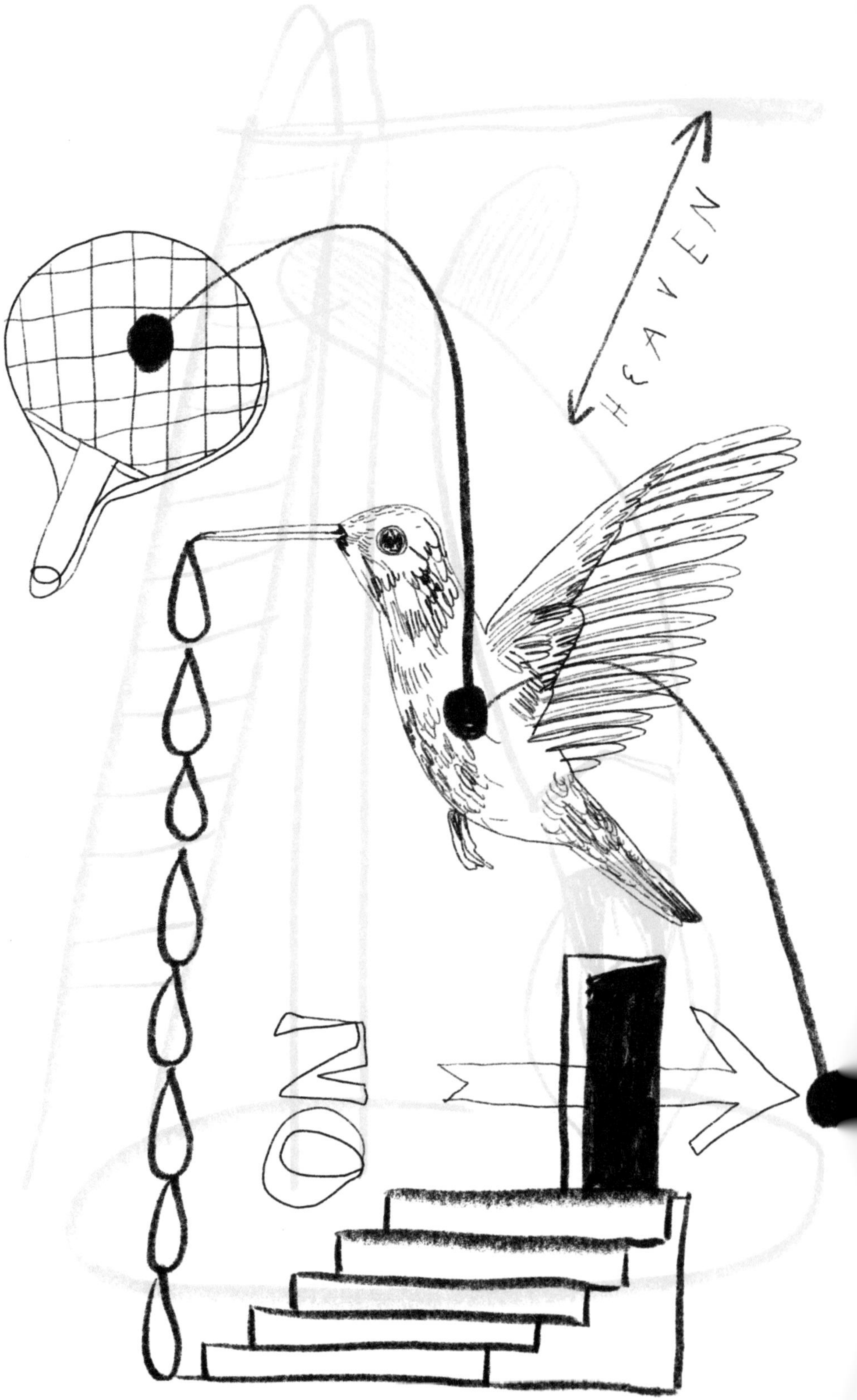
HEAVEN
ON

지그린데 할머니에게 일기장을 선물로 받은 지 2주도 채 지나지 않았다.

그런데 할머니가 돌아가셨다.

사망했다. 바로 어제.

그냥 그렇게, 아무 예고도 없이.

지그린데 할머니는 일흔네 살이었지만 마흔 살처럼 체력이 좋았다.

열여덟 살 같기도 했다.

아니, 수많은 열여덟 살보다 더 활기가 넘쳤다(그러니까 나보다 더).

할머니는 늘 산에 오르거나 여럿이 함께 자전거를 타고 나들이하러 다니곤 했다.

모두 나이 지긋한 어른들이었지만, 정신을 놓은 듯 페달을 밟아 댔다.

한번은 나랑 같이 스노클링도 하러 갔다.

내 열두 번째 생일을 맞아 할머니가 마련해 준 선물이었다.

그런데 이제 할머니는 돌아가셨다.

아마 밤새 심장이 멈췄던 것 같은데, 정확한 원인은 모르겠다.

정말 안타깝게도 하필이면 하이디가 할머니를 발견했다.

아주 차갑고 뻣뻣하게 굳은 할머니를.

우리 모두 그 장면을 잊을 수가 없다.

움직임이 없는 육체만 있을 뿐, 지그린데 할머니는 전혀 남아 있지 않았다.

물론 가장 힘들어한 사람은 하이디였다. 어제 하이디는 눈물이 더 나오지 않을 때까지 몇 시간이나 울었다. 오늘은 침대에 누워 벽만 바라봤다.

그러니까 상황은 이렇다.
지그린데 할머니는 우리에게 어느 정도는 진짜 할머니 같았다.

할머니는 루트와 함께 옷을 사러 갔고, 냉장고가 텅 비어서 그 안에 남은 거라고는 내부 조명에서 나오는 빛과 겨자밖에 없을 때면 나에게 따뜻한 음식을 만들어 줬다. 엄마랑 밤늦게 와인을 한잔하면서 엉망이 된 엄마 인생에 관한 세세한 이야기에 귀를 기울이기도 했다.
지그린데 할머니는 귀를 활짝 열고 우리 이야기를 들어 줬다.
한 층 위에 자리한 할머니네 집은 언제나 우리에게 문이 열려 있었다.
할머니는 몇 번이나 지갑을 꺼내 아이스크림과 영화표,
심지어 세탁기 수리에 쓰일 돈을 우리에게 건넸다.
특히 할머니와 더욱 친했던 하이디는 당연한 듯이 할머니 집을 드나들었는데, 언제든 연주해도 되는 얼룩말이 있어서 더 그랬다.

'얼룩말'은 지그린데 할머니의 오래된 그랜드 피아노를 부르는 애칭이다.
피아노는 할머니 집 거실에 놓여 있는데(그건 그렇고, 할머니 집 거실은 우리 집 전체 면적보다 훨씬 더 넓다), 할머니의 인생을 저장한 보관소나 마찬가지다. 할머니는 어떤 곡을 하나 연주한 뒤에 과거 이야기를 해 주곤 했다. 건반마다 다른 추억들이 깃들어 있었다.
피아노를 연주할 때면, 문득 할머니가 늙고 주름진 노인이 아니라 아주 아름답고 비밀을 가득 품은 사람처럼 보이곤 했다.
물론 내 눈에 그랬다는 말이다.

루트는 이 모든 일이 자기랑 아무 상관도 없다는 듯이 행동했지만, 사실 엄청나게 충격을 받은 상태였다. 나는 지그린데 할머니가 갑자기 더 이상 존재하지 않고, 이제 우리가 더는 위층으로 올라가서 할머니 집 문을 두드릴 수 없다는 사실이 실감 나지 않았다.

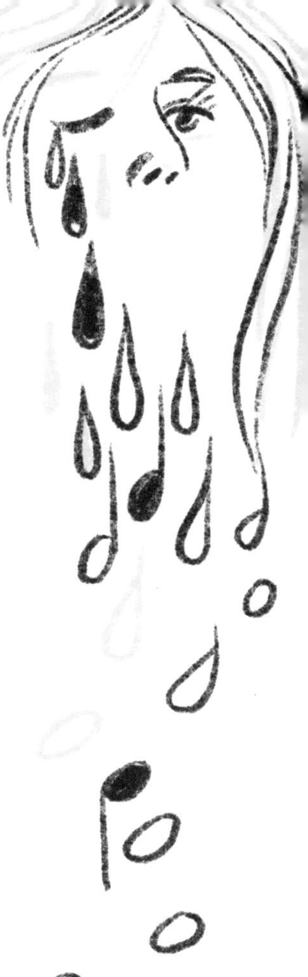

엄마는 도움이 되지 않았다. 멍하니 앞만 보다가 "이렇게 순식간에 갈 수도 있구나." 하고 중얼거렸다("내가 갑자기 죽으면 애들은 어떡하지?"라는 말과 비슷한 뜻이다).

하지만 하이디에게는…….

하이디에게는 세상이 무너진 것과 같았다.

계속해서 지그린데 할머니를 그리려고

시도해 봤지만, 나는 종이 위에 할머니를

되살려 내지 못했다.

“아르바이트를 더 알아본다고?” 알렉스가 물었다.

우리는 아이들 사이를 헤치면서 힘겹게 학교 매점으로 가는 중이었다.

“피아노 레슨을 받으려면 돈이 필요해. 지그린데 할머니 말로는 하이디가 피아노에 재능이 뛰어나대. 벌써 엄청 어려운 곡을 연주한다니까! 그런 재능을 그냥 내던질 수는 없잖아. 안 그래?”

알렉스가 걱정스러운 표정으로 나를 봤다.

“그럼 학교는? 지금도 힘들어하잖아.”

“일하면서 공부도 할 수 있는 일자리면 좋지.”

“음……, 예를 들자면?”

“예를 들자면…… 호텔 프런트 야간 근무?”

알렉스가 눈을 부릅떴다. “그래, 마이아. 좋은 생각이네. 잠이야 그저 나약한 사람들이나 자는 거니까.”

알렉스는 부추 빵을 하나 사서 반으로 나눠 한 쪽을 건넸다.

"하이디가 얼룩말 주인이 될 순 없나? 지그린데 할머니는 이제 얼룩말이 필요 없잖아."

나는 어깨를 으쓱했다.

"뉴욕에 사는 할머니 딸이 가져가겠지. 그리고 딸이 그걸 하이디한테 넘겨준다고 해도…… 어차피 우리 집에는 놔둘 자리가 없어. 게다가 레슨을 못 받는데 피아노가 있어 봤자 무슨 소용이겠어."

알렉스는 말없이 빵만 씹었다.

"흠." 그러다가 이런 반응을 보였다.

"내 말이." 내가 말했다.

우리 집은 부족한 게 너무 많다.

- 돈
- 찬장에 보관해 두는 식료품
- 방 두 개짜리 좁은 집의 공간
- 루트의 핫팬츠(누가 이런 옷을 생각해 냈을까? 열 살짜리가 입는 바지인데 너무 짧아서 엉덩이가 튀어나올 지경이다.)
- 엄마가 일을 마치고 집에 와서부터, 지친 채 소파에 쓰러져 잠들 때까지의 시간(요리하고, 청소하고, 우리 숙제를 검사하고, 오늘 어떻게 지냈는지 물어볼 수 있을 리가 없다.)

엄마가 낳은 딸 셋의 아빠가 각각 다르다는 사실을 사람들이 알게 될 때면, 엄마는 **고난에 빠진다.**

사람들(속으로):
피임이 뭔지 들어 본 적은 있나?

또는:
난잡한 여자야.
속옷 갈아입듯이 남자들을 갈아 치우고
아이까지 임신하다니. 토끼가 새끼 치듯이
아이를 낳네.

(아니면 삐딱하게
보며 큰 소리로):
아~ 그래요.

(아니면 조롱하는
눈빛으로 보며 큰 소리로):
부지런하시네요.

(또는 주변 사람들이 모두 듣게끔 아주 큰 소리로):
세 아이의 아버지가 모두 다르다고요?
내가 제대로 들은 건가요?

엄마(예전에는 가끔 큰 소리로, 이제는 늘 작은 소리로): 첫 번째 남자는 집을 나갔고, 두 번째 남자는 임신 중절 수술을 강요했고, 세 번째 남자는 이미 스페인에 아내와 아이 셋이 있었는데 그 사실이 너무 늦게 밝혀졌어요. 세 명 모두에게서 돈을 받아 본 적도 없어요.

누구든 엄마와 대화를 나누는 사람들은
각자의 세계관에 완벽히 들어맞는 편견을
엄마에게 들이밀곤 한다.

그럴 때 엄마는 어떻게 하냐고? 무시한다.
남들이 뭐라든 상관하지 않는다.
그러면 세상은 또 알아서 흘러간다.

나는 카를라에게 전화를 걸었다. 어쨌든 지혜를 갖출 만한 나이니까 조언을 들을 수 있을 것 같았다(카를라는 거의 스물세 살이 다 됐다).

"하이디가 첫 번째로 썼던 단어는 '하이디'고, 두 번째는 '얼룩말'이야." 내가 설명했다.

"그리고?" 카를라가 물었다.

"그리고 뭐?"

"그다음은 어떤 단어였냐고."

"몰라. 아마 '중이이여어어어엄' 아니었을까? 있잖아, 내가 하고 싶은 말은 이거야. 하이디는 이제 일곱 살인데 단어도 쓸 줄 알고, 악보도 그릴 줄 알고, 소소한 작품을 직접 작곡하기도 해. 더 설명이 필요해?"

"아니." 카를라가 대꾸했다. "알아들었어."

"자, 그럼 내가 뭘 해야 할까?"

카를라는 고민에 빠졌다고 알리는 듯한 소리를 냈다.

생각에 잠긴 티를 아주 요란하게 내는 한숨 같은 소리였다.

"혹시 지금 옆에 누구 있어?" 나는 전화기에 대고 짜증스럽게 소리쳤다.

"아니, 턱걸이를 하는 중이야."

"아하, 나랑 통화하면서 턱걸이하는 게 적절한 행동이라고 생각해?"

"응, 왜 안 돼?"

"아, 됐다. 내가 어떻게 하면 좋겠어?"

"주스 가게 아르바이트 시간을 늘리는 건 어때?"

돈
MONEY

사람들이 어디서 일하냐고 물어보면, 나는 늘 "주스 가게요." 라고 대답한다. 그러면 다들 내가 지루한 카페에서 서빙 아르바이트를 한다고 생각한다. 하지만 나는 정말로 주스 가게에서 화요일과 목요일 오후 4시부터 9시까지 일한다. 나는 이런 것들을 판다.

오렌지 주스
사과 주스
배 주스
구스베리 주스
키위 주스
딸기 주스
파인애플 주스
멜론 주스
리치 주스
망고 주스
바나나 주스
……

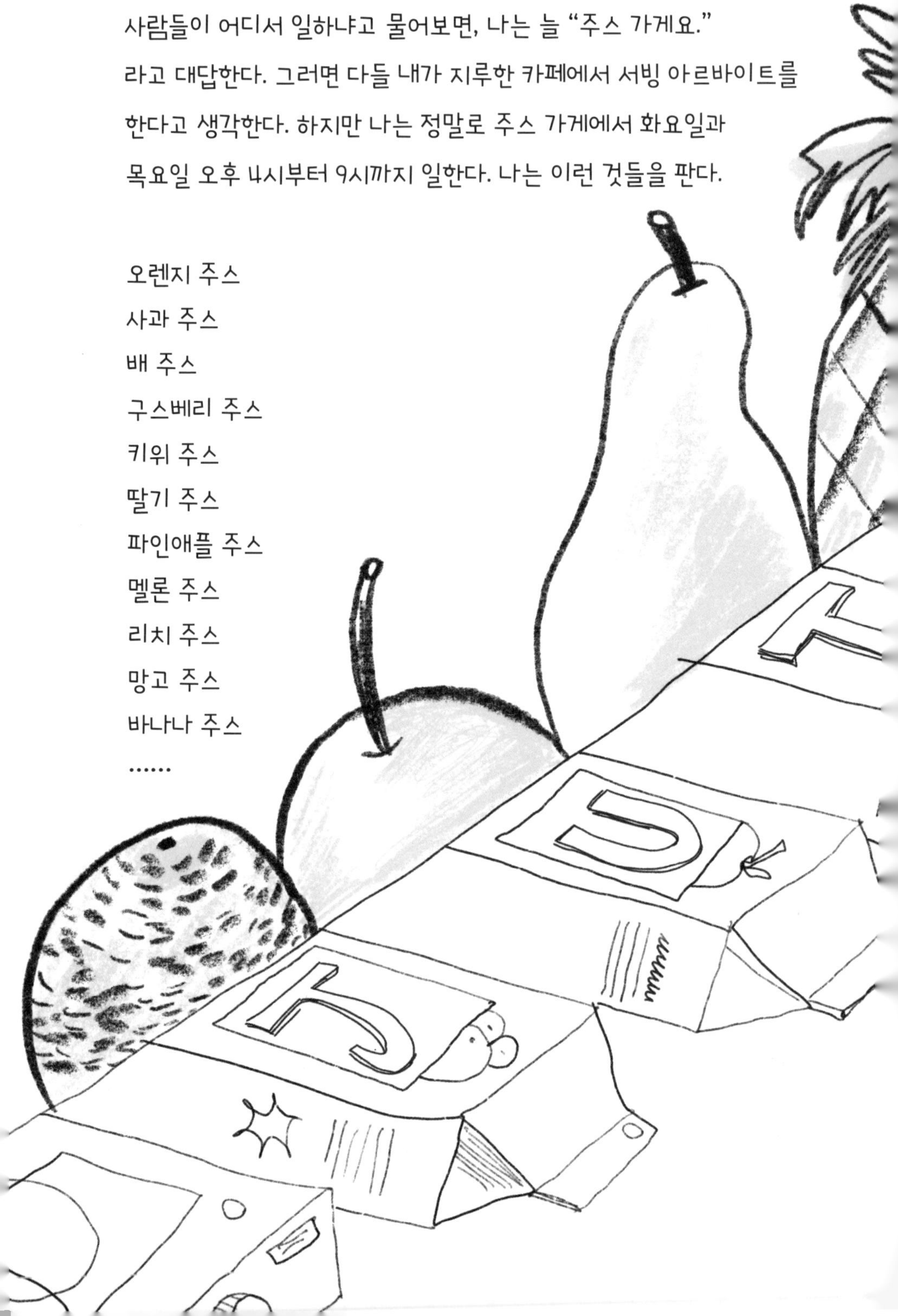

가능하거나
불가능한 모든 조합으로
주스를 만들어서 판다.

가끔은 체액도 공짜로 추가해 준다.
(그냥 침을 말하는 거다!) 체액은 유난히 못되게 구는
사람들을 위한 것이다. 예를 들어 10유로짜리 지폐를 냈으면서 20유로를 냈다고 우겨 대서 거스름돈을 자기가 낸 돈보다 더 많이 받아 가는 사람에게 준다. 아니면 생각을 크게 소리 내어 표현해야 한다고 생각하는 사람들에게도 제공한다.
"저 뚱뚱한 엉덩이로 어떻게 일자리를 얻었지? 가게 이미지를 망치고 있잖아." 농담이 아니다. 이 일을 막 시작했을 때, 그러니까 영원처럼 느껴지는 1년 전에 누군가 실제로 그렇게 말했다…….

뚱뚱한 사람들을 위한 특대 사이즈 털옷을

파는 인터넷 상점이 세상 어딘가에 있기는 할까?

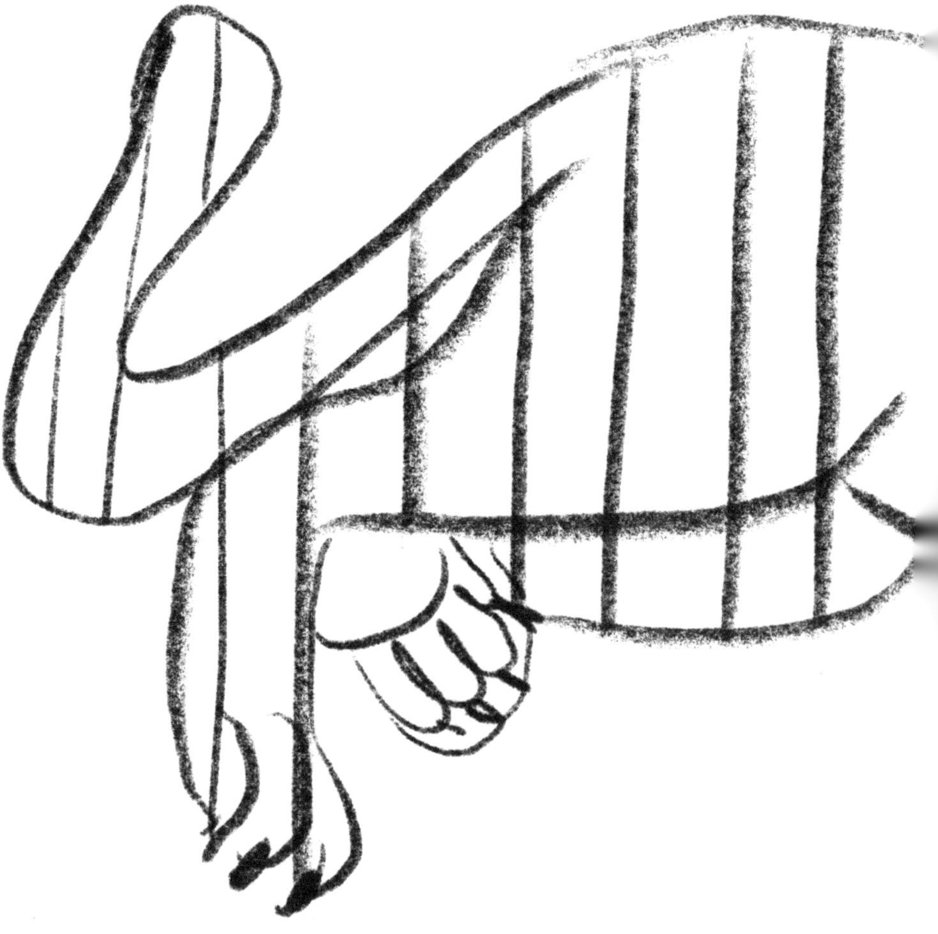

그런데 뚱뚱한 엉덩이라고 지껄였던 사람은 결과적으로 진정한 행운의 요정이 됐다. 그 사람이 카를라와 나를 연결해 줬기 때문이다.
그날 일을 마치고 집으로 돌아가는 길에, 나는 고개를 푹 숙이고 걸었다. 뺨으로 흘러내리는 눈물을 아무도 보지 못하도록 하기 위해서였다.
그러다 우리는, 카를라와 나는 서로 부딪쳐 넘어져서 포개졌다.
정말 문자 그대로 포개졌다.
제대로 넘어지고 말았다. 카를라는 길을 걸으면서 휴대폰으로 길게 사랑 고백 메시지를 쓰는 안 좋은 습관이 있었고, 나는 울면서 바닥만 보고 걷다가…… 그렇게 됐다.

우리는 길바닥에 넘어졌고, 나는 체중을 모두 실어 카를라 위로 쓰러졌다. 처음에는 너무 창피했지만, 이왕 그렇게 가까워진 김에 우리 둘은 제일 친한 친구가 됐다. 우리는 뭐든지 함께 이야기를 나누고, 같이 오래 살아온 노부부들이나 할 수 있는 일도 한다. 동물 다큐멘터리를 함께 보고, 숟가락을 포개듯 가슴과 등을 맞댄 채로 잠들고, 서로 여드름도 짜 준다.

알렉스: 웩, 서로 여드름을 짜 준다고?
나(화를 내며): 일기 쓰는데 왜 어깨 너머로 몰래 보는 거야?
알렉스(낮은 목소리로): 카를라가 너랑 제일 친한 친구야?
나: 너하고 카를라가 나랑 제일 친해.
알렉스(뾰로통하며): 1위 자리를 나눠 가질 수는 없어.
나: 나눌 수 있어. 너도 알잖아. 나누면 두 배가 되는 유일한 게 바로 사랑이야. 어떤 현명한 사람이 그렇게 말했어. 그리고 내가 할 말은 이것뿐이야. '아멘.'
알렉스(흥분하며): 내가 할 말은 이거야……. 내가 할 말은…… (할 말을 찾느라 애쓰며) ……우르비 에트 오르비(Urbi et Orbi)!
나: 우르비 에트 오르비?
알렉스(아주 큰 소리로): 그래, 우르비 에트 오르비!

나: 그래, 알렉스. 아무 말 대잔치구나. 정신 차리고 현실로 돌아오자.

진실은 이렇다.

카를라는 음경을 갖고 있다. 그리고 서랍에 넣어 둔 출생증명서에는 '엥겔베르트 크라포겔'이라는 이름이 적혀 있다.

힘든 운명이다.

그러니까 음경 때문이라는 게 아니고

이름 얘기를 하는 것이다.

공동묘지 예배당이 터질 듯이 가득 찼다.
조문객이 정말 많이 왔는데, 대부분 눈에 띌 만큼
옷을 잘 차려입고 있었다.
사실 지그린데 할머니가 부자였으니까 놀랄 일은 아니었다.
또는 엄마의 표현대로 부유했으니까.
하이디는 나지막하게 흐느꼈고, 루트는 손톱을 물어뜯었고,
나는 오지 말아야 할 곳에 온 기분이 들었다.

다른 사람들이 우리를 빤히 보는 것만 같았다.
도움을 받아야 할 가정이라고, 지그린데 할머니가 사회 복지 차원에서
도와주던 가족이라고 생각한 걸까?

혹시 지그린데 할머니가 우리에 대해 그렇게 말했을까?
할머니가 우리를 그렇게 생각했던 걸까?

아니, 우리가 알던 지그린데 할머니는 그런 사람이 아니다.

하지만 우리가 지그린데 할머니에 대해서 정말 제대로 알고 있었을까?

주변을 둘러보니, 할머니를 잘 알고 있었다고 확신할 수가 없었다.

"할머니랑 할아버지가 계셨으면 좋겠어. 할머니랑 할아버지라는 존재는 세상에서 제일 좋은 사람들 아니야? 뭐든지 허락하고, 소소한 선물도 계속 주고, 언제나 우릴 이해하고, 우리가 집에서 더는 견딜 수 없을 때 찾아갈 수 있는 분들이잖아. 그리고 그분들은 어떤 일에도 충격을 받지 않을걸? 젊었을 때 히피처럼 살면서 자유롭게 연애도 했고, 환경 운동가로서 나무에 몸을 묶어 보기도 했을 테니까."

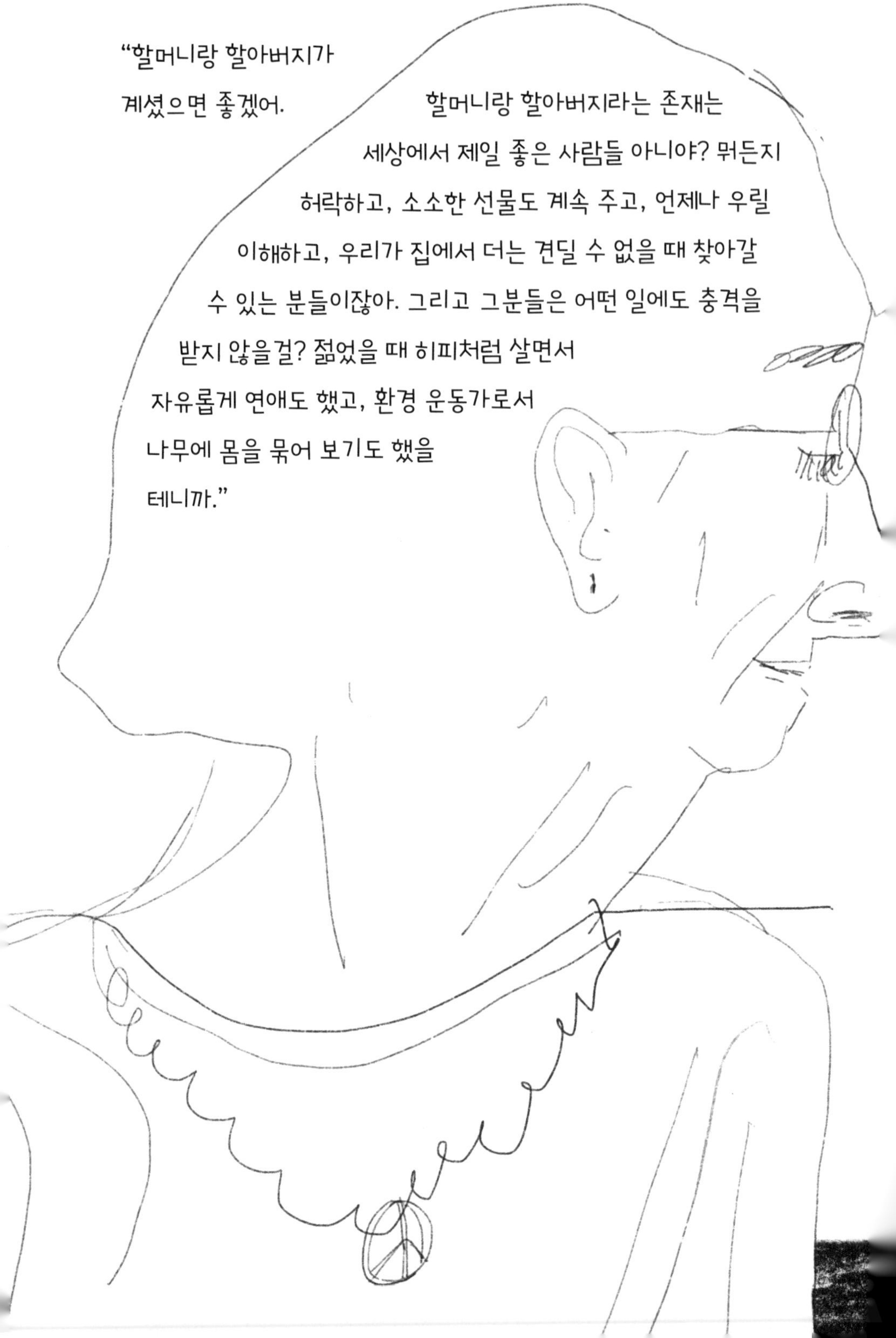

알렉스는 눈썹을 치켜세웠다. "흠. 우리 할머니는 책보다 난방용 물주머니가 더 많고, 양아치 같은 사람들이 돈 달라고 치근대면 두려워하면서 성호를 그어. 모든 개를, 진짜로 모든 개를 무조건 발디라고 부르고, 하루 중에 3시가 되기 15분 전부터 3시 반까지 시간을 제일 좋아해. 그때 TV에서 〈사랑의 폭풍〉을 방영하거든."

"아." 내가 말했다.

"그렇다고." 알렉스가 대답했다.

하이디가 중간 침대에서 기어 내려와 나에게 다가왔다. 우리 집에는 하이디의 아빠가 몇 년 전에 만들어 준 3층짜리 벙커 침대가 있다. 더 넓은 집으로 이사 가기 전까지 '임시방편'으로 쓰려던 침대다. 하지만 아직도 이사를 못 했다.

누구나 벙커 침대를 보면 멋지다고 말한다. 하지만 우리와 처지를 바꾸려는 사람은 아무도 없다(9제곱미터밖에 안 되는 방에서 셋이 살기를 원하는 사람이 도대체 어디 있을까?).

나는 나에게 몸을 기대고 비벼 대는 하이디의 머리를 쓰다듬었다. 침대 꼭대기에서 루트가 나지막하게 코를 고는 소리가 들렸다. 마치 나이 든 고양이가 그르렁거리는 소리 같았다.

"지그린데 할머니는 어떻게 됐을까?" 하이디가 소곤거렸다.
"그러니까 내 말은, 우리가 죽으면 어떻게 될까?"

흠. 온갖 동물과 박테리아를 위한 파티 음식이 되지 않을까? 이런 대답을 할 수도 있었지만, 당연히 내뱉지는 않았다.

"모르겠어. 너는 어떻게 생각해?"

"내 생각에는 밤에 할머니가 피아노 앞에 앉아 있는 것 같아. 가끔 피아노 치는 소리가 들리거든." 그 말을 듣고 나는 소름이 돋았지만, 하이디는 자기 상상이 썩 마음에 드는 모양이었다.

"그러면 낮에는 뭘 하시는데?" 내가 물었다.

"낮에는 자기 무덤 앞에 서서, 사람들이 모두 자기가 무덤 안에 누워 있다고 생각한다면서 웃을 거야. 사실은 빵집에 가서 맛있는 빵 냄새를 킁킁 맡기도 하고, 1층에 사는 무뚝뚝한 아저씨의 모자를 훔치기도 하고, 여기서 딸이 사는 뉴욕까지 자전거를 타고 7분 만에 쏜살같이 가기도 하거든. 당연히 날아서 말이야!"

하이디가 킥킥거렸다.

일곱 살이란 참 좋은 나이다.

오늘은 올해 들어 처음으로 따뜻한 날이었다. 갑자기 봄이 온 것 같았고, 막연히 행복을 느끼게 하는 특별한 분위기가 허공에 감돌았다.
나는 기분 좋게 교실로 들어섰다.
그런데 칠판에 쓰인 글은…… 휴…….

봄 컬렉션 최신 유행 의상을 소개하는 패션쇼 무대에 오신 것을 환영합니다!

낡은 청바지와 자주 빨아서 빛바랜 검은색 셔츠를 입은 나는 교실을 가로질러 제일 뒷자리까지 터덜터덜 걸어갔다.
그러고는 한숨을 내쉬며 알렉스 옆에 털썩 주저앉았다.
빅토리아풍 스탠드칼라 블라우스를 입은 알렉스는 이번에도 눈에 띄었다. 마치 사악한 열세 번째 마녀에게 직접 빌린 옷처럼 보였다.
"왜?" 내 시선을 눈치챈 알렉스가 물었다.
"아니야." 나는 한숨을 내쉬었다. "아무것도. 수업이 다 끝날 때까지 날 좀 지리 교구실에 가둬 주라."
"왜 하필 거기에?"
"세계 지도를 보면서, 매일 똑같은 하와이 치마만 입는 곳을 상상해 보려고."
알렉스는 갑자기 멍해졌다.

내 어깨를 도닥이기는커녕 알렉스는 혼자 중얼거렸다.

"하와이 치마……."

나는 또 한숨을 내쉬었다. 알렉스가 곧 하와이 치마를 입고 나타날 게 뻔하니까. 우리 반에서 특이한 애 하면 다들 알렉스를 생각하는 것도 놀랄 일은 아니다. 그런데 왜 나까지 그렇게 불리는지는 정말 이해할 수 없다. 뭐, 그러거나 말거나. 특이한 애로 불리는 건 사실 꽤 괜찮은 일이다. 특이한 사람이 여럿일 경우에는.

"수학 숙제 좀 보여 줄 수 있어?"

다노의 머리카락은 오늘도 사방으로 뻗쳐 있었다. 혹시 아침마다 콘센트에 손을 꽂는 건 아닐까? 알람이 울리고, 하품하고, 오줌을 싸고, 옷을 입고, 이를 닦고, 그다음에는

찌리리리리릿 → …… 스타일링 끝.

나는 아무 말 없이 노트를 건넸다.

"손톱 죽인다." 다노가 말했다.

어제 하이디가 새 사인펜으로 칠해 놓은 손톱이었다.

"머리 스타일 죽인다." 내가 대꾸하자 다노가 히죽 웃었다.

그러고는 내 노트를 들고 터덜터덜 자기 자리로 돌아갔다. 바로 옆에 앉은 클라우디아에게 물어봐도 됐을 텐데.

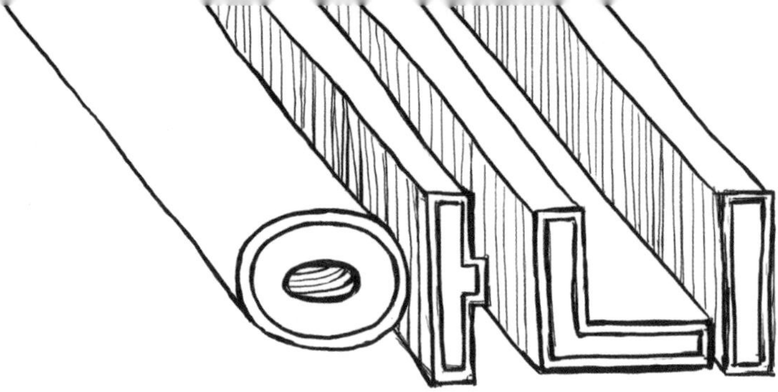

진열대에 걸린 누더기 같은 옷은 필요 없어.

입어 보고 싶지도 않아.

어차피 맞지도 않을걸.

살 수 있는 형편도 아니라고.

하지만 그게 문제가 아니야.

전혀 아니다.

단지, 정말 단 한 가지,

빨간색이 너무 지루하게 느껴진다는 게 문제다.

거기다 모양도 너무 구식이고

길이도 너무 길고

(무릎까지 온다. 어휴!)

…….

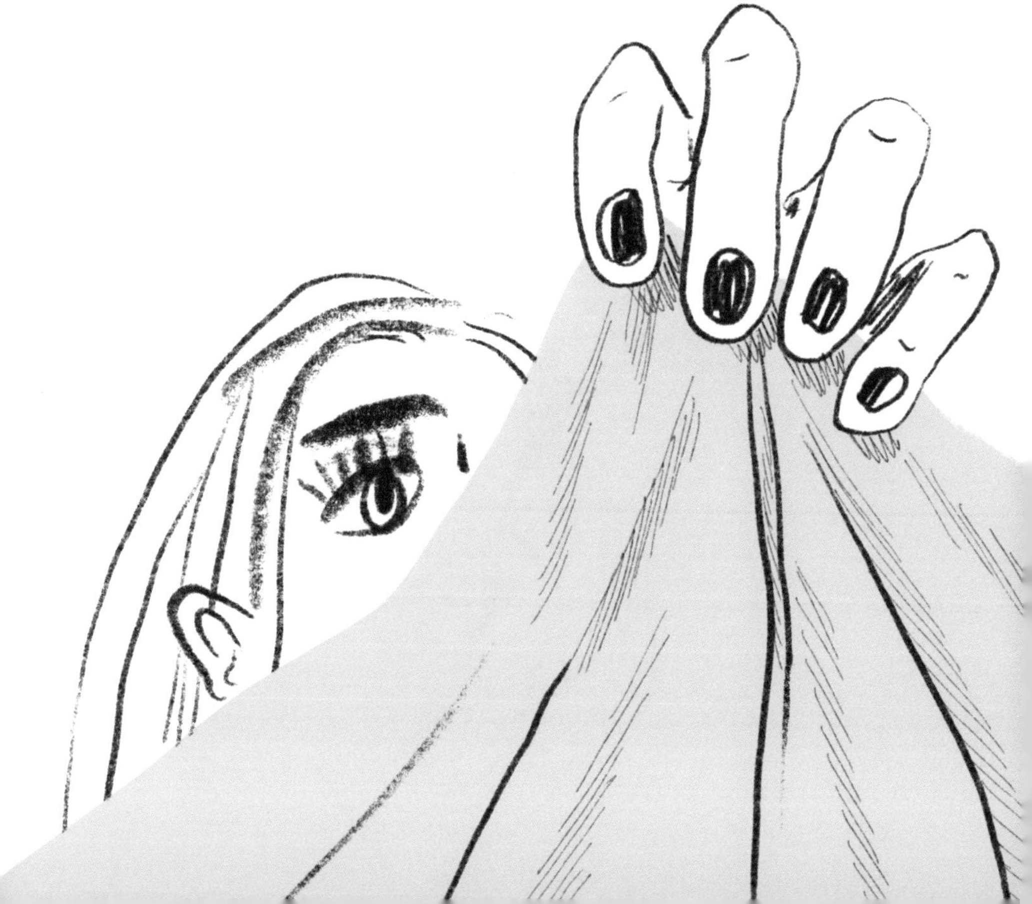

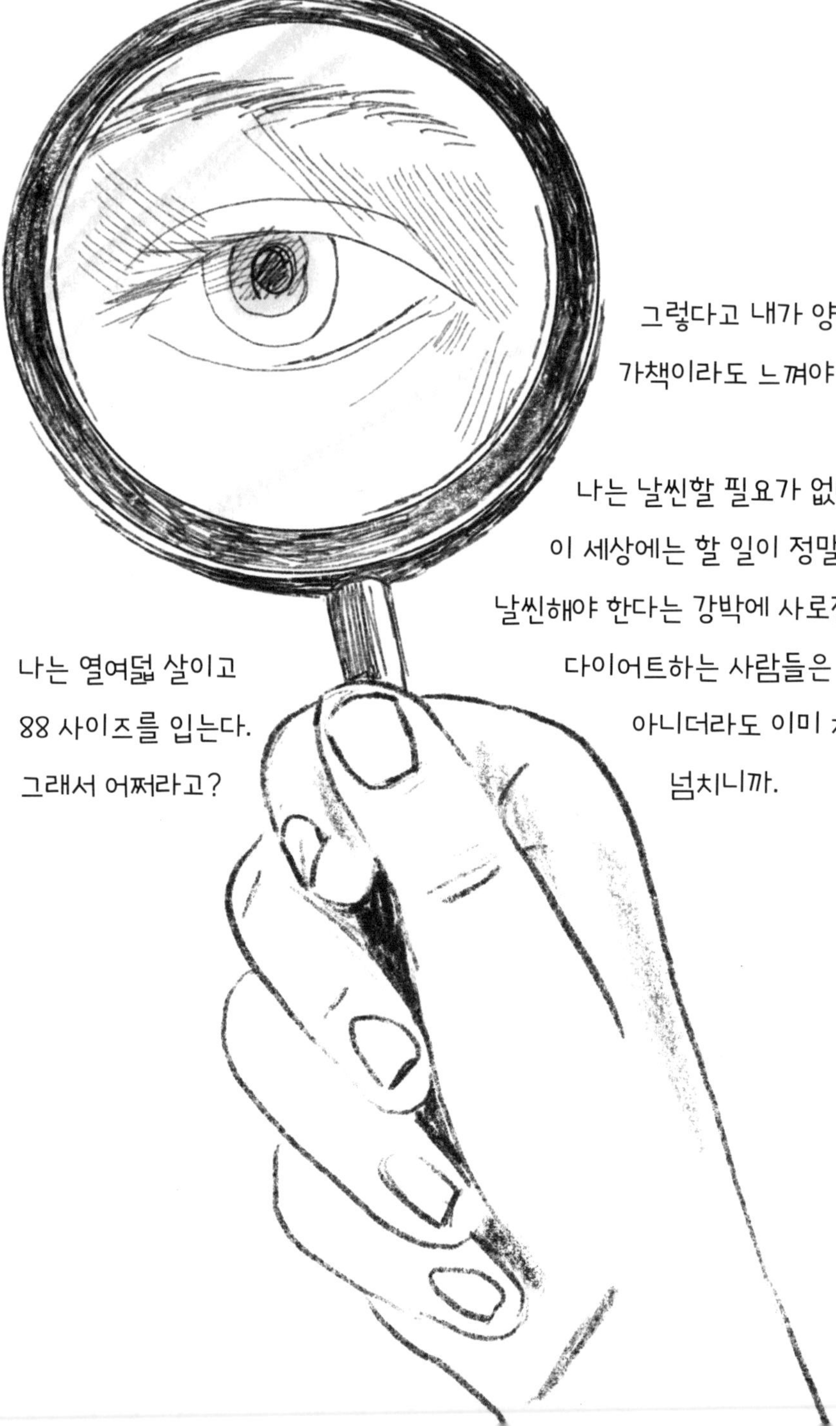

나는 열여덟 살이고
88 사이즈를 입는다.
그래서 어쩌라고?

그렇다고 내가 양심의
가책이라도 느껴야 하나?

나는 날씬할 필요가 없다.
이 세상에는 할 일이 정말 많고,
날씬해야 한다는 강박에 사로잡혀서
다이어트하는 사람들은 내가
아니더라도 이미 차고
넘치니까.

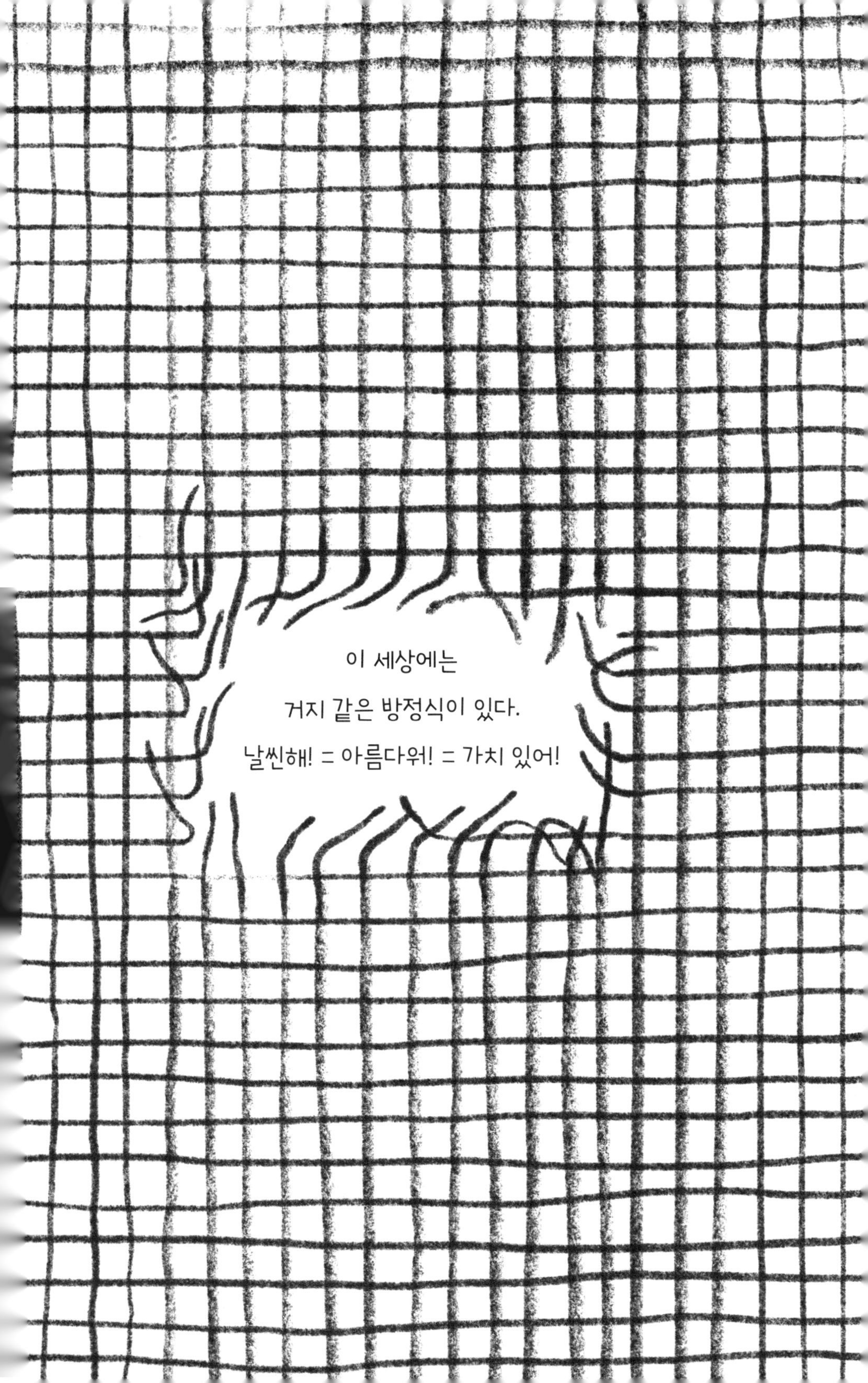
이 세상에는
거지 같은 방정식이 있다.
날씬해! = 아름다워! = 가치 있어!

하이디가 종이 여러 장을 붙이더니 거기에다 흰건반과 검은건반을 그렸다. 그러고는 얼마 전에 지그린데 할머니와 함께 작곡한 〈얼룩말 행진곡〉을 연주하기 시작했다. 원래는 요란하고 흥겨운 곡이지만, 하이디가 허밍을 하며 느리고 나지막하게 연주하니 마치 장송곡처럼 들렸다.

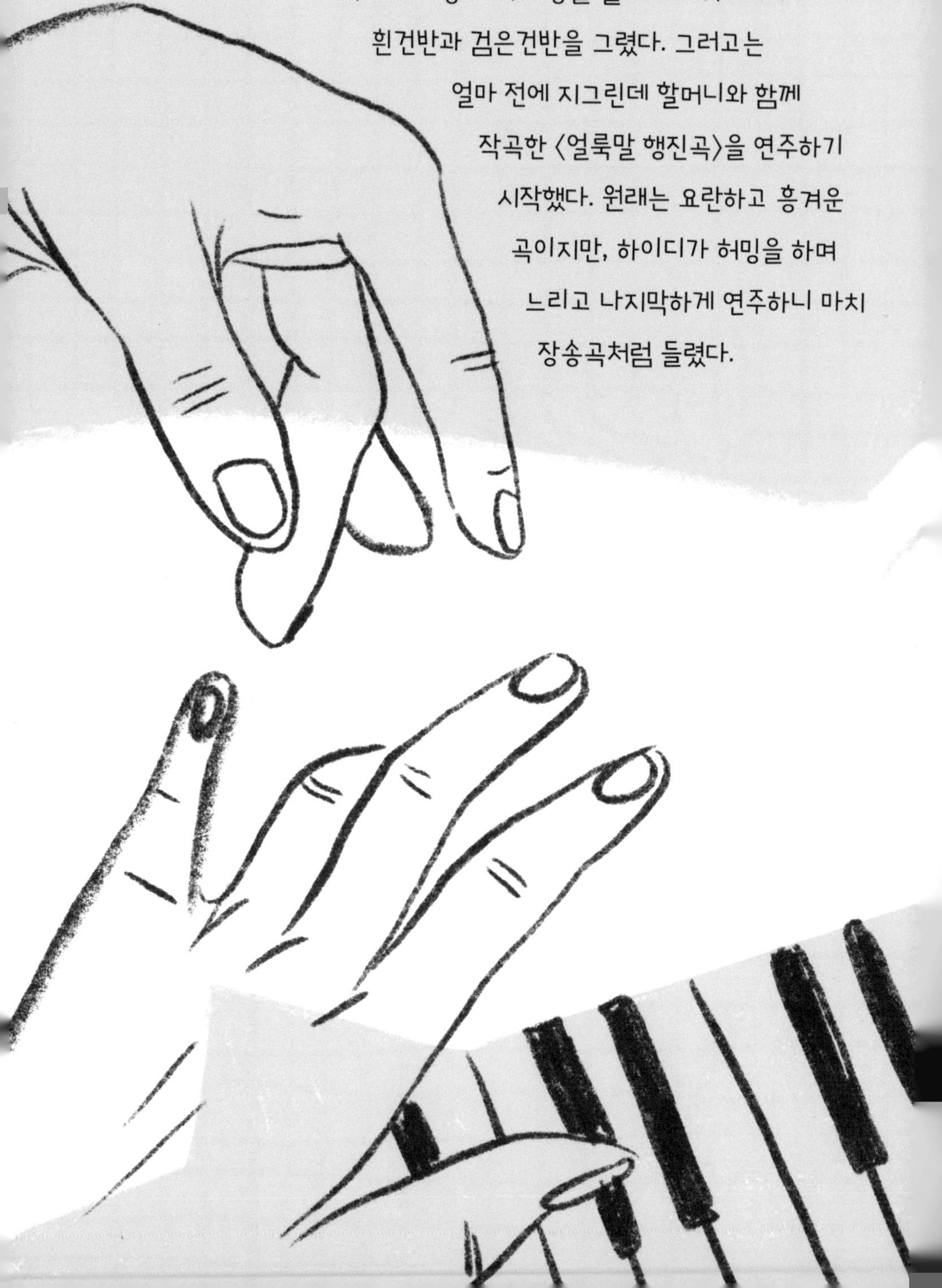

하이디의 아빠는 친절했고, 나는 그 아저씨가 계속 우리 가족으로 남길 바랐다. 하지만 엄마는 몇 년 동안 자신을 속인 아저씨를 용서할 수 없었다. 우리는 가끔 아저씨를 만난다. 아저씨는 한곳에 정착하지 않고 여기저기 돌아다니며 산다.

루트는 하룻밤의 사고 때문에 태어났다. 엄마가 지치지 않고 늘 강조하듯, 하룻밤의 선물이기도 하다. 루트의 아빠는 자기가 우리 모두와 아무 상관도 없다고 처음부터 확실하게 말했다.

그렇다면 나의 아빠는?
내가 다섯 살이던 어느 날, 아빠는 일을 나갔다가 돌아오지 않았다. 그리고 몇 달이 지나서야 엄마는 아빠가 어딘가에서 다른 여자랑 살고 있다고 이야기했다. 당연하게도 나는 아빠가 나를 더는 사랑하지 않는다고 생각했다. 그렇게 생각할 수밖에 없지 않을까?

아니, 생각을 좀 해 보자.
나는 태어난 지 5주 된 아기가 아니라 다섯 살이었다. 똥을 싸고, 고함지르고, 트림을 해 대는, 제대로 된 관계를 맺을 수 없는 기저귀 보따리가 아니었다는 말이다.

5년 동안 아빠는 진짜 내 아빠였다.
내가 기분 좋아서 환호성을 지를
만큼 나를 허공에서 빙빙 돌리며
놀아 줬고, 같이 수영장에 갔고,
가끔은 유치원으로 나를 데리러 왔고,
가을이면 함께 도토리를 주웠다.

그런데 아빠는 하루아침에 딸이 있다는
사실을 잊고 그냥 떠나 버렸다.
내가 모르는
낯선 여자에게로.

1년에 한 번, 내 생일에 나는
지폐가 든 봉투와 축하 카드를 받는다.
아빠와 나 사이에 유일하게 남은
습관 같은 일이다.
너무 슬퍼하지 않고 그냥
웃어넘길 수 있다면 얼마나 좋을까.

오늘 처음으로 토요일 오전 근무를 했다.

토요일 아침 7시.

이 시간에 누가 스무디를 마실까?

대부분 해장할 음식을 먹을 시간이다.

뭐, 아니면 딸고.

졸음을 쫓으려고 내가 먹을

과일 주스를 한 잔 만들었다.

그러고는 한 잔 더 만들었다.

물론 금지된 일이라는 걸

알지만, 아침 7시는

야간 근무 시간이나

마찬가지니까 돈을 더

받아야 한다고, 최소한

음료수로라도 받아야

한다고 생각했다.

하지만

아니었다.

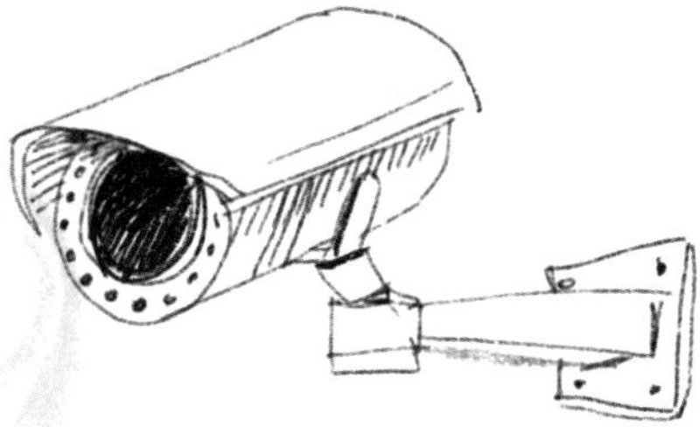

전화벨이 울려서 받으니 가게 주인이었다.
스무디 석 잔에 해당하는 금액을
내 월급에서 빼겠다고 했다.
아, 젠장…….

일단, **석 잔**이라니?
그리고 두 번째로, 이 가게에
정말 CCTV가 있나?
제정신인가?

마지막으로, 이 가게에서는 어느 시간에 근무하든 가게 주인의 돈으로 스무디를 1000잔 정도는 마실 수 있어야 한다. 쉴 새 없이 울려 퍼지는 70년대 팝송을 들어야 하는 수고에 대한 **특별 근무 수당**으로.
70년대 팝송을 가끔 두어 곡 정도 듣는다면 문제 될 것도 없다.
하지만 매일 이른 아침부터 밤늦게까지 언제나 똑같은 노래들이 한없이 반복된다면 그건 다른 문제다. 이 가게에서 트는 유일한 플레이리스트의 제목은 '70년대의 힘'이다.
그 노래들에 힘이 있다면, 기껏해야 **구역질**을 일으키는 힘이겠지.

나는 알렉스에게 전화를 걸었다.

"지금 뭐 해?"

드디어 알렉스가 전화를 받자 내가 물었다.

"자는 중이야." 알렉스가 웅얼거리며 대답했다.

"슬리퍼만 신고 다니는 걔랑 좋은 밤 보냈어?
근데 그 신발은 진짜 이상해 보이더라."

알렉스가 킥킥거렸다. "나도 그래. 그것만 빼면 꽤 귀여워."

"그래서? 자세히 좀 말해 봐!"

"아침 8시까지
얘기를 나눴어."

"그랬구나." 내가 대답했지만,
알렉스는 아무 말도 하지 않았다.
그러다 잠시 뒤에 나지막하게
코 고는 소리만 들려왔다.

알렉스가 남자들과 가까워지는
과정은 이렇다.
알렉스는 질과 외음부의 차이를
더듬거리지 않고 명확하게 설명하지
못하는 남자들은 가까이 오지도
못하게 한다.
질문을 받은 남자들은 처음엔 그저 에로틱한
언어적 전희라고 생각한다. 함께 있을지 말지를
결정하는 엄격한 테스트를 치르는 중이라고는
전혀 생각하지 못하는 것이다.

알렉스는 이런 딜레마와 마주하고 있다.

성적인 욕망
+ 많은 애인

결론적으로는 그저 가끔만 남자들과 밤을 보낸다.

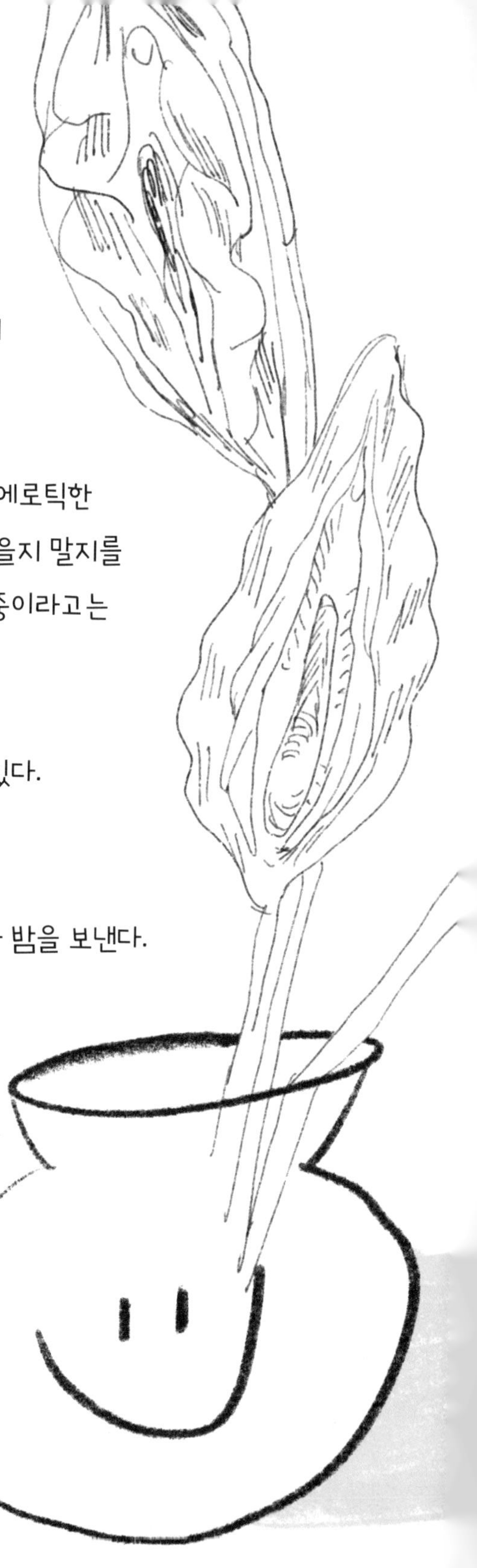

(언젠가 알렉스에게 이렇게 말한 적이 있다. "남자들이 불쌍해. '외음부'라는 단어가 생물 교과서에도 안 나오는데, 어떻게 정확히 설명할 수 있겠어?" 그 말에 알렉스는 지독히 경멸하는 눈빛으로 나를 빤히 바라봤다.)

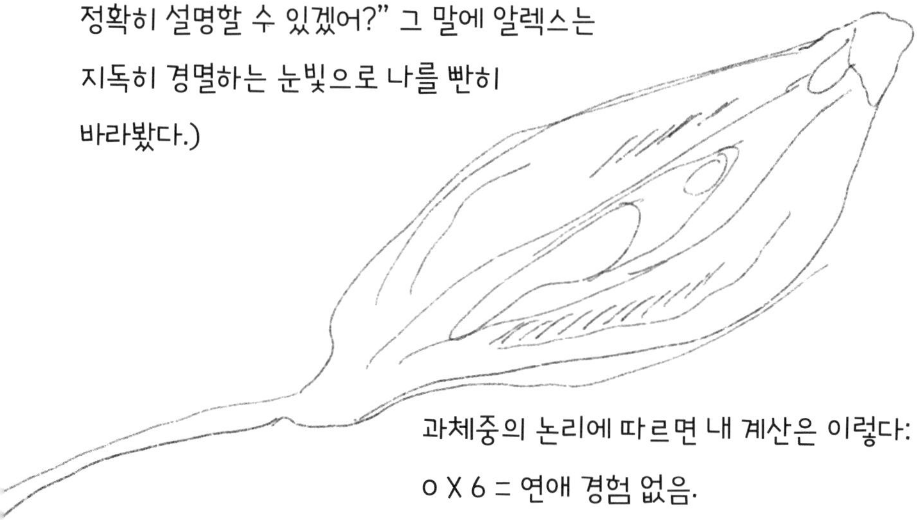

과체중의 논리에 따르면 내 계산은 이렇다:

0 X 6 = 연애 경험 없음.

알렉스: 마이아, 무슨 말도 안 되는 소리야! 너, 설마 세상 사람들이 전부 젓가락처럼 빼빼 마른 사람만 좋아한다고 생각하는 건 아니지? 게다가 꼭 둘이 만나야 하는 건 아니야. 혼자서도 즐길 수…….

나: 그래, 알았어! 하지만 너니까 쉽게 말할 수 있겠지. 원하면 언제든지 남자를 만날 수 있으니까.

알렉스: 아니면 셋이 만나. 예전에 루카스랑 라우라처럼.

나: 알렉스, 제발 좀 그만해.

알렉스: 아니면 넷이 만나든가. 예전에…….

나: 으아아아아악! 제발!

알렉스: 아니면…….

나는 전화기를 집어 던지고

양손으로 귀를 꽉 막았다.

"학생들이 주차장에 다 모였네. 여학생들도 현장 학습을 하러 출발합시다."

나는 이 말을 듣고도 자리에 그대로 앉아 있었다.

"너는 특별 초대장이 필요한가 보구나?" 나를 썩 좋아하지 않는,

새로 온 요란스러운 생물 선생님이 나에게 말했다.

나는 나에게 해당하지 않는 말이라고,

왜냐하면 내가

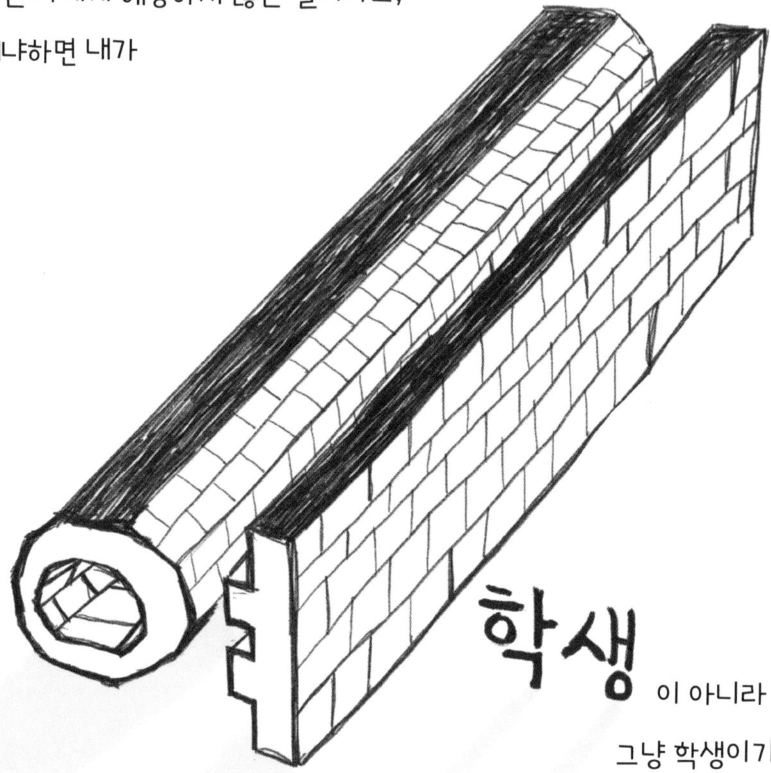

학생 이 아니라

그냥 학생이기

때문이라고 대답했다.

선생님은 그저 재미없는

농담이라고 생각했지만, 나는

웃기려는 의도가 전혀 없었다.

우리더러 머리를 좀 쓰라고 말하는 사람

중에 머리 쓰는 사람을 본 적이 없다.

버스 앞자리에 앉은 다노가 우리 쪽으로 몸을 돌리더니 말했다.

"테스트를 하나 낼게……. 잘 들어 봐."

"잉?" 알렉스가 대꾸했다.

그래도 다노는 꿋꿋하게 말했다. "자, 아버지랑 아들이 차를 타고 어디론가 가고 있었어. 그러다 교통사고가 심하게 나서 아버지는 사고 현장에서 사망했고, 아들은 병원으로 옮겨져서 바로 수술을 받아야 했어. 근데 외과 의사가 다친 아이를 보더니 얼굴이 창백해지면서 이렇게 외치는 거야. '난 이 아이 수술을 맡을 수가 없어요. 내 아들이니까!'"

알렉스가 눈을 흘기더니 말했다. "무슨 헛소리야? 슬픈 얘기는 듣기 싫다고!"

다노가 답을 알고 있냐고 묻는 듯 나를 빤히 쳐다봤지만, 나는 어깨를 으쓱했다. 무슨 얘기인지 전혀 알 수 없었다.

하지만 가능하다면 다노에게 다른 말을 건네고 싶었다.

양로원 빙고 게임에서 상품으로 받은 셔츠를 입고 왔나 보네? 맞지?

외과 의사는 아이의 엄마였어! 나는 이렇게 문자를 보냈다. 솔직히 말하자면, 나는 다노에게 꽤 깊은 인상을 받았다. 다노는 이런 주제에 관심이 있어 보였다. 100점! 잠시 뒤에 다노가 이렇게 답장을 보냈다. 검색해 봤어. 나는 솔직하게 털어놓았다.

괜찮아. 난 오늘 동티모르의 수도가 어딘지 몰라서 검색했다니까.

동티모르? 나라 이름인가? 축구 선수 이름인 줄 알았다.

어어, 그랬구나……. 혹시 그 나라 사람들이 하와이 치마를 입어?

몰라. 근데 왜?

그냥. 내일 학교에서 봐!

내일 만나!

몇 달 전부터 나는 계속 반복되는 꿈을 꾼다.
알몸으로 전철을 타거나, 연극 무대에 올라야 하는데
대사가 떠오르지 않는 전형적인 꿈은 아니다.

종이 꿈을 꾼다. 꿈속에서 나는 종이들이 나란히
놓여 있는 엄청 기다란 탁자를 따라 걸어간다.
그리고 종이를 한 장씩 집어 들며 엄지손가락으로
쓸어 본다.
어떤 종이는 매끈하고, 어떤 종이는 거칠고, 어떤
종이는 비늘 같은 느낌이고, 또 어떤 종이는 거의
물처럼 느껴진다.
공기에서 막 칠한 페인트 냄새가 난다. 나는 창틀에
올라가 온 힘을 다해 뛰어내린다. 그러고는……
날아간다.

그 순간, 언제나 잠에서 깬다. 그리고 다양한
종이들이 놓인 나만의 책상을 갖고 싶다고 생각한다.

날 수 있으면 좋겠다고도.

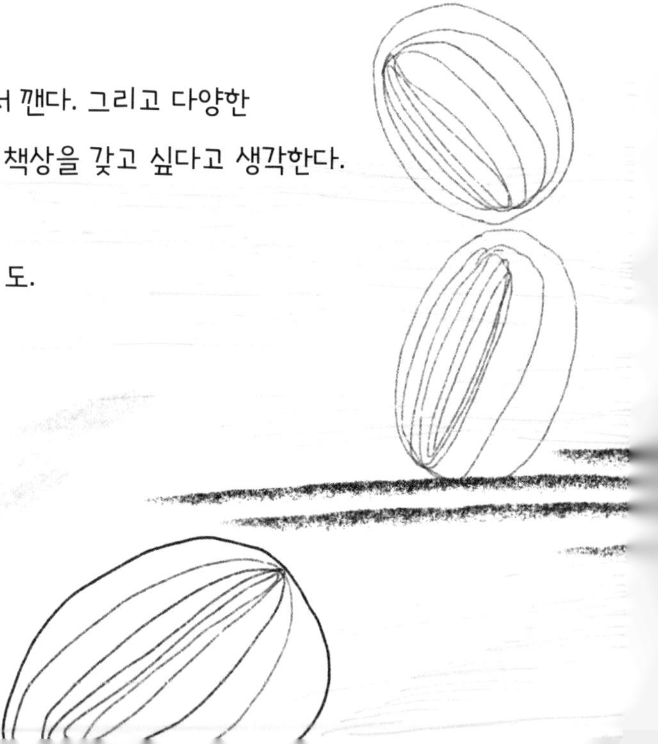

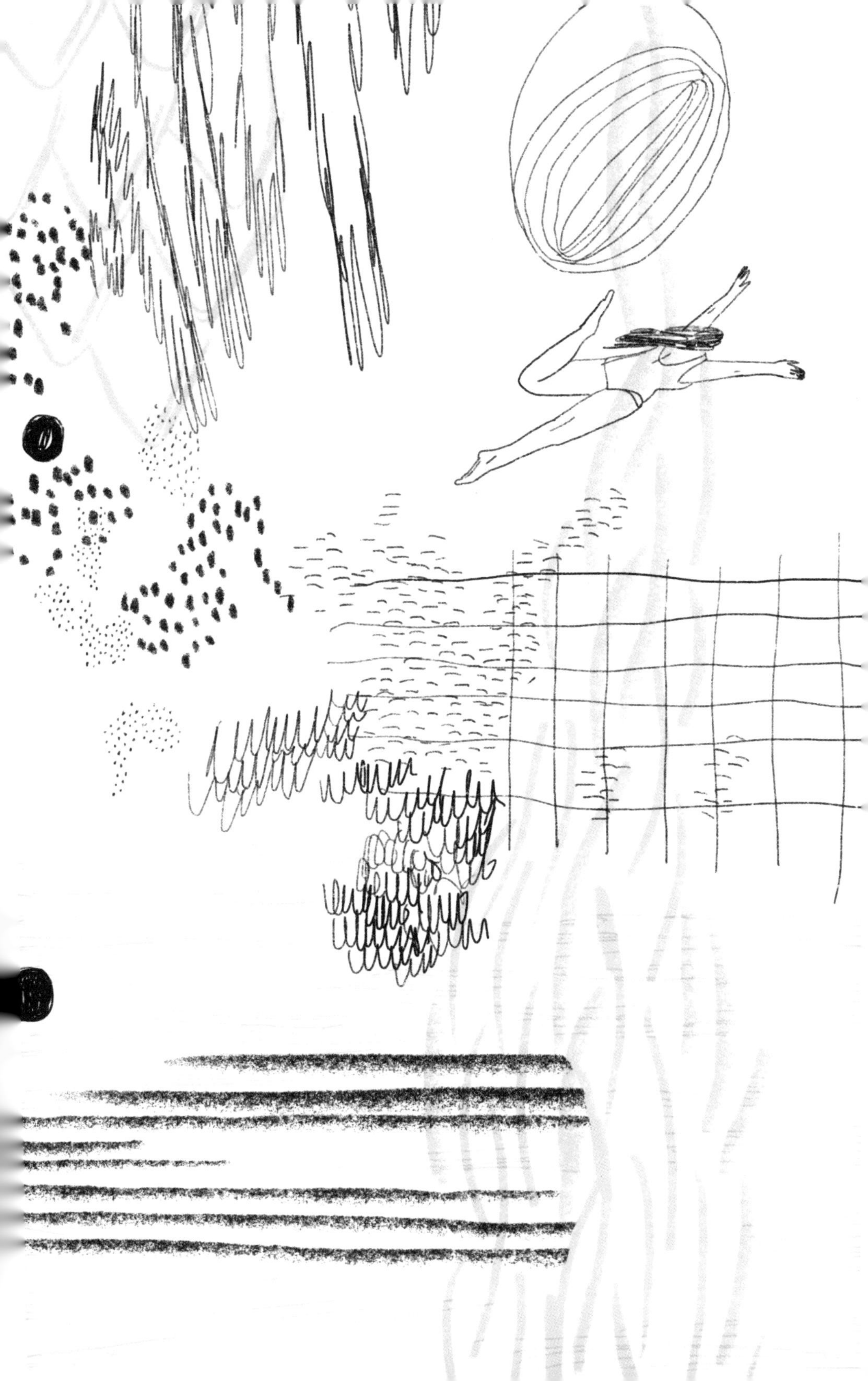

'스무디 파라다이스'에서 목요일 저녁이
느릿하게 지나갔다. 스무디 파라다이스는
규모가 아주 작고, 비싼 주스를 파는 가게다.
가게 안에는 계산대와 서서 마실 수 있는
테이블 하나, 그게 전부다.

하지만 세상만사가 다 그렇듯이 껍데기가
내용물보다 중요하고, 프로필 사진이 그 사람
자체보다 중요한 법이다.

가게에 아무도 없을 때면, 나는 새로운 주스 홍보를
준비하는 대신 그냥 눈을 감고 유리창으로
들어오는 마지막 햇살을 얼굴에 쬐곤 한다.

그러면 가게 주인은 바로 전화를 걸어
"빨리, 빨리!"라고 소리친다.
내가 이 가게에서 쫓겨나지 않는 유일한
이유는 입구 바깥쪽에 놓인 게시판을
예쁘게 꾸미기 때문일 거라고
이미 오래전부터 짐작하고 있다.

눈에 확 띄는 광고 게시판이 없다면
아무도 이 가게에 들어오지 않을 테니까.

현관문 너머 지그린데 할머니 집 내부는
고요하기만 하다. 드나드는 사람이
한 명도 없는 것 같다. 얼룩말을 쓰다듬는
사람도 없다.

할머니 집은 예전과 똑같을까? 침실 문에 달린 옷걸이에
지그린데 할머니의 잠옷이 여전히 걸려 있을까?
거실에는 언제나 그랬듯 수많은 악보가 여기저기 놓여
있을까? 화장실에서는 할머니가 늘 구입하던, 향기 나는
화장지 냄새가 풍길까?

어쩌면 그 모든 것이 치워졌을 수도 있고, 이미 집을
내놓았는지도 모른다. 하이디는 지그린데 할머니 집 앞
계단에 자주 앉아 있곤 한다.

할머니와 조용히 이야기를
나누는 걸까? 아니면
할머니와 함께 얼룩말로
피아노곡을 연주하는
상상을 하는 걸까?

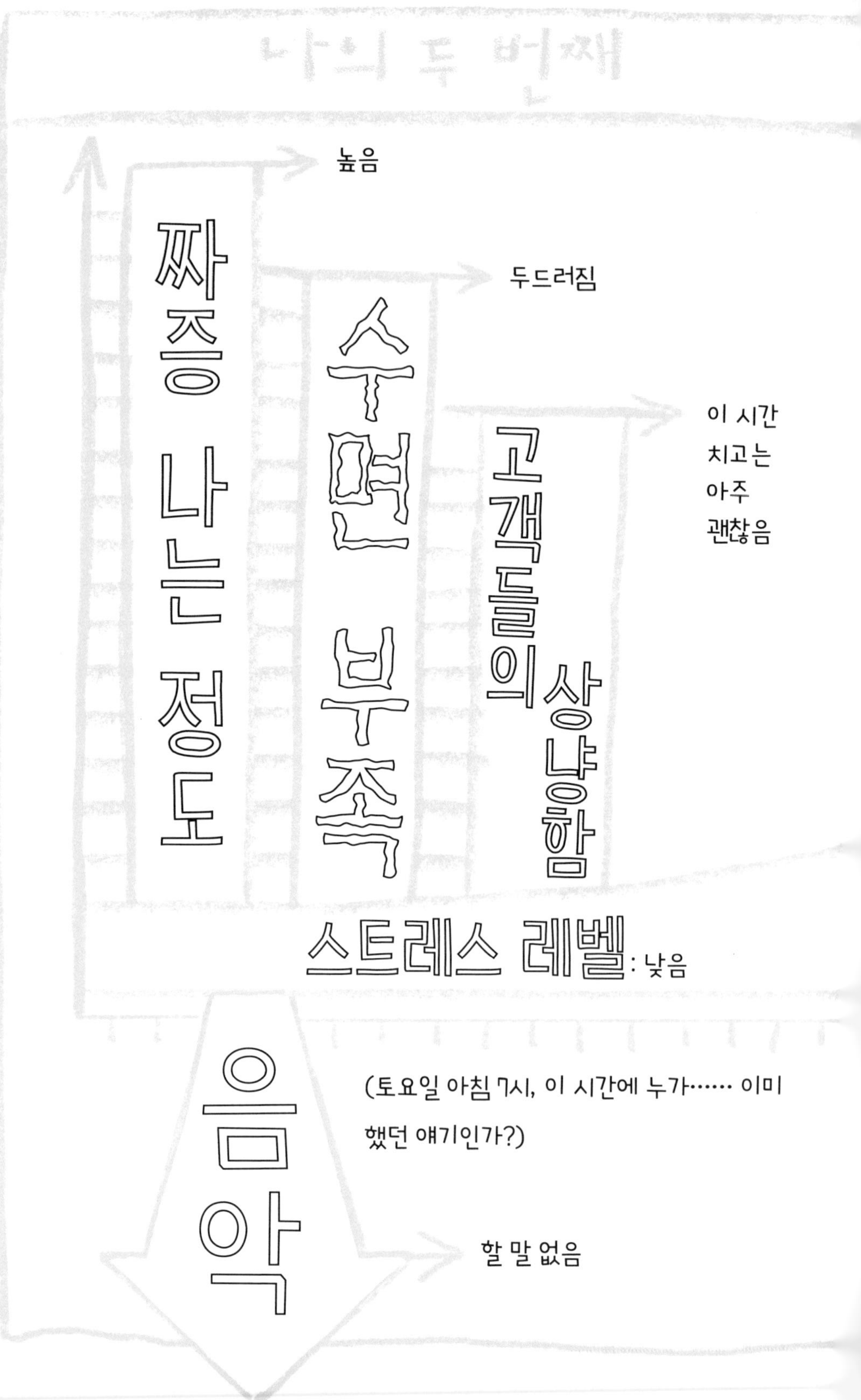
나의 두 번째
짜증 나는 정도
높음
수면 부족
두드러짐
고객들의 상냥함
이 시간 치고는 아주 괜찮음
스트레스 레벨: 낮음
음악
(토요일 아침 7시, 이 시간에 누가…… 이미 했던 얘기인가?)
할 말 없음

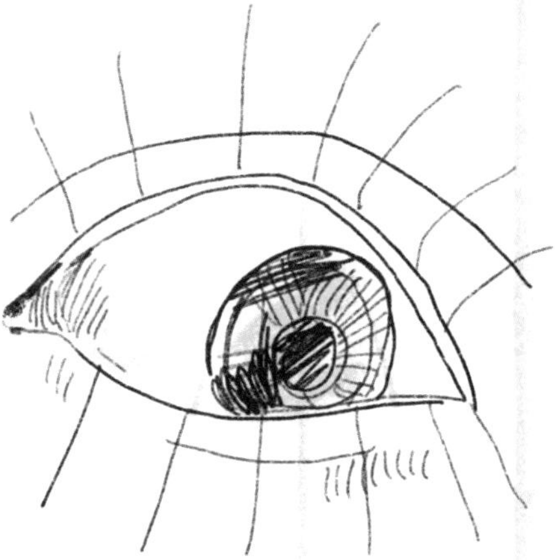

너무 끌리는 스타일이라

내 호르몬 균형을 깨뜨릴 만한

사람: 0명

아니, 잠깐만……. 남신 같은 사람이

광고 게시판을 들여다보고 있네. 저렇게 생긴

사람이 여기서 뭘 하는 거야?

당연히 스무디를 마시려는 거겠지.

그거 말고 무슨 이유가 있겠어?

다음에 계속……

“자, 트로피카나 스무디 나왔습니다. 더 필요한 게 있으신가요? 혹시 제 번호?”

아이고, 마이아. 어떻게 그런 부끄러운 소리를 할 수가 있어?

남자가 깜짝 놀라며 나를 바라봤다.

“손님들이 전부 당신 번호를 받아 가나요?”

“아니요, 그러니까…… (남자의 팔뚝을 흘낏 보고) 카멜레온 문신이 있는 사람만요.”

남자가 나를 봤다.

그러더니 싱긋 웃었다.

웃었다! 와아아아!

당연히 나도 정신 나간 사람처럼 히죽거렸다. 그러다 내 상태를 눈치채고는 얼른 입술을 앙다물었다.

남자는 시간을 끌려는 듯이 어색하고도 분주하게 바지 주머니를 뒤졌다. 그러다 지폐 한 장을 계산대에 올려놓았다.

“그건 그렇고…… 내 몸 여기저기에 정글에 사는 동물 문신이 더 있어요.”

이 말을 생각해 내느라 바지 주머니를 뒤졌던 거구나! 확실히 우리는 영화에서나 볼 수 있는 요란한 썸을 타면서 즐기고 있었다.

나는 아침 7시에 제일 매력 있는 목소리로 능숙한 척 속삭였다.

“정말요? 난 생물학이나 다른 동물적인 일에도 관심이 많아요.”

남자가 크게 웃음을 터뜨렸다.

마주 서서 킥킥거리는 우리 사이에 작은 호르몬 폭탄이 터졌다. 역사에 남을 만한 썸이었다. 적어도 내 개인적인 역사에는 기록될 만했다.

"이제 다 끝났나요?"

불꽃놀이 폭죽이 꺼지고, 나는 우리를 짜증스러운 표정으로 바라보는 여자의 존재를 깨달았다. 작은 강아지가 여자의 핸드백 안에서 밖을 내다보고 있었는데, 뼈와 가죽만 남은 생김새였다.

마치 자기 주인 같았다.

문신한 남자가 컵을 쥐고는 미소 지었다. 장난꾸러기 같고, 대담하고, 음모를 꾸미는 것만 같은 느낌이 모두 뒤섞인 미소였다.

"안녕." 이렇게 인사하고는 남자가 사라졌다.

"그래서, 어떻게 됐어?" 쿵쾅대는 음악 소리 때문에
알렉스가 고함을 지르며 물었다.

"다른 일은 없었어. 그러고 나서 핸드백에 강아지를 넣어 온 여자가 시금치랑 미역으로 만든 스무디를 주문했어. 지방을 분해한다고 알려진 재료들 말이야."

"웩." 알렉스가 대꾸했다.

춤을 추던 카를라가 댄스 플로어에서 우리를 건너다봤다.
우리가 손 키스를 날리자 카를라는 웃음을 터뜨리더니,
다시 열심히 춤을 췄다.

"그 남자가 또 나타날 것 같아?"

나는 한 번도 고민해 본 적 없다는 듯이 어깨를 으쓱했다.

어젯밤:

너무 많이 마셨다.

너무 크게 새된 목소리로 웃었고,

너무 자유분방하게 춤을 췄고,

누군가의 발치에 토했다.

그러고는 혼자 집으로 왔다.

나는 이 날짜를 달력에서

공식적으로

삭제할 것을 요청한다.

"이제 제발 좀 일어나." 엄마가 말했다. "벌써 12시가 지났어!"

"난 숙취가 없어. 고양이도 없어." 내가 중얼거렸다.

"뭐라고?"

"난 숙취가 없어. 고양이도 없어." 나는 같은 말을 반복했다.

엄마가 내 앞에 위협적으로 버티고 섰다. "지금 엄청난 숙취에 시달리고 있잖아."

나는 벌떡 몸을 일으켰다. 관자놀이 뒤쪽에서 불붙는 듯한 통증이 느껴졌다. **"어떻게 생각해?"** 내가 소리쳤다. "독일에서는 숙취를 고양이라고도 하지. 진짜 고양이가 한 마리 있었다면 이렇게까지 숙취가 심했을까? 진짜 고양이가 있고 내 방도 따로 있다면 난 죽을 때까지 매일 밤을 진짜 내 방에서 고양이랑 지낼 테고, 이제 곧 진짜 돈을 잘 벌 수 있는 일자리를 얻을 테고, 진짜 행복한 생활을 할 수도 있을 거야!

하지만 우리는 거지 같은 사료조차도 못 사잖아. 그러니까 내 인생도 영원히 거지 같을 거라고!"

눈앞에서 엄마 얼굴이 흐릿해졌다. 나는 지쳐서 다시 베개로 쓰러졌다.

엄마가 씩씩거렸다.

"너, 밤새도록 놀다 와서는 이제 불평까지 하는 거야? 나도 가끔은 더 나은 삶을 바랄 거라고 생각 못 해? 그래도 내가 불평하는 거 봤어?"

"아니." 나는 중얼거렸다. "근데 자주 불평하는 편이 더 나을걸? 그래야 더 건강에 좋을 테니까."

화가 난 엄마가 나를 노려봤다. **"너희 모두 꼴도 보기 싫어!"**

엄마가 고함을 지르고는 방에서 나가더니 문을 세게 쾅 닫았다.

엄마는 아무것도, 정말 아무것도 모른다.

내 고양이가 발톱을 꺼내서 엄마를

몇 번 할퀴었으면 좋겠다.

"진짜 못됐다." 루트가 말했다.

걔는 왜 끼어드는 걸까?

"그리고 엄청 냄새나. 방에 온통 냄새가 배게 생겼어."

베개를 던졌지만, 루트를 맞히지는 못했다.

그래서 루트에게 혀만 내밀었다.

"너무 유치하네." 루트가 비웃으며 말했다.

"말투가 그게 뭐야?" 나는 루트에게 따졌다.

"언니는 루저니까, 루저를 대하는 말투지."

뭐가 어째? "나가!" 내가 소리쳤다.

"여긴 내 방이기도 해. 그러니까 **내**가 원하는 만큼 여기 있을 수 있다고. 어쨌든 지금은 신선한 공기를 좀 마시고 와야겠다."

루트는 코에 대고 손부채질을 하더니, 머리를 빳빳하게 들고 의기양양하게 걸어 나갔다.

1:0 나는 한숨을 내쉬며 머리 위로 이불을 뒤집어썼다.

짜증 나게도 모델처럼 날씬한 어린 괴물에게 한 방 맞았다.

얼마 뒤에 엄마가 다시 방으로 들어오더니, 침대 가장자리에 앉아 조심스럽게 내 손을 잡았다.

"미안해." 엄마가 말했다. "열여덟 살이 얼마나 힘든 나이인지 가끔 잊어버려서 미안하다."

이렇게 말하는 엄마를 나는 사랑할 수밖에 없다. 엄마를 너무 사랑해서(그리고 내 인생이 여전히 형편없어서) 나는 그 자리에서 폭포처럼 눈물을 쏟았다.

"차 끓여 줄게." 엄마가 말했다.

나는 반항하지 않고 고개를 끄덕였다. 내 안 어디에선가 고양이가 엄마의 제안에 만족한 듯 그르렁거렸다.

학교와 직장에서
카를라는 대부분
'엥겔베르트'라는
이름으로 존재해 왔다.
언젠가 내가 계속해서 정체성을
바꿔야 하니 힘들지 않냐고 물어봤는데,
"나는 어떤 때는 남자고 어떤 때는 여자인 게
아니라, 항상 나야." 이런 대답이 돌아왔다.
"하지만 사람들은 쉽게 판단하기 위해서 나를 꼭
특정한 범주에 넣으려고 해. 남자인지 여자인지를
확실하게 구분하지 않으면 제대로 대화조차 못 나눌
정도라니까. 라벨을 붙이고서야 만족하지.

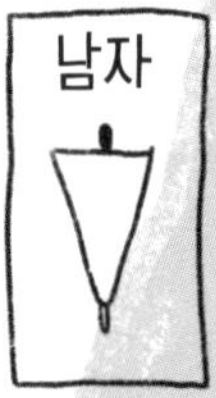

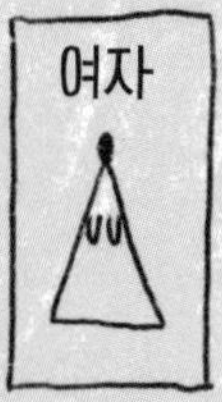

아니면
필요한
경우에는

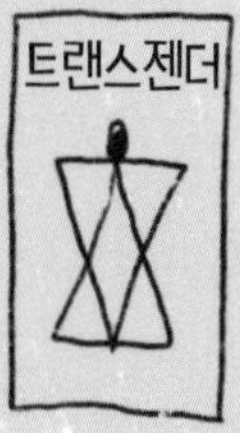

라고도 붙이는 거야. 그 사람들에게는 카테고리를
정하는 일이 제일 중요하니까. 하지만 언젠가는
내가 그냥 나일 수 있는 날이 오지 않을까?
남자랑 여자 이름을 섞어서 카를-베를라가
되거나, 애칭처럼 엥겔헨 크라피겔헨
이라는 이름을 써도 아무도 신경 쓰지
않는 날 말이야."

우리는 카페에서 만났다.

"안녕, 우리 천사!"

"안녕, 우리 여신! 어때? '그때 그 남자'가 다시 나타났어?"

나는 아주 진지한 얼굴을 하고는 중얼거렸다.

"절대 이름을 말하면 안 되는 그 남자?"

엥겔베르트가 히죽 웃었다.

나는 고개를 저었다.

"그 사람이 상상하는 뜨거운 러브 스토리에 나는 안 어울리나 봐."

"왜?"

"음…… 이것 때문에."

나는 내 엉덩이를 가리켰다.

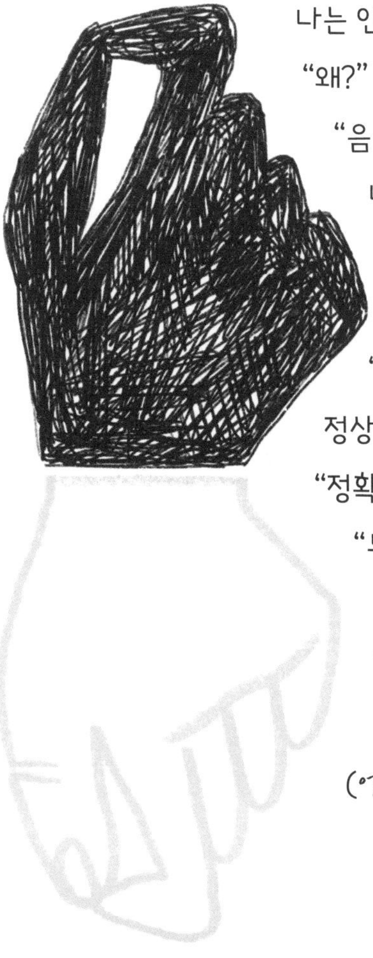

엥겔베르트가 이마를 찌푸렸다.

"네가 모델 같은 몸매가 아니라 정상 체중이라서?"

"정확하게 말하면 과체중이지."

"누가 그래?"

"체질량 지수가."

"그런 멍청한 말을 믿어?"

(엥겔베르트가 옳으면, 카를라도 옳다.)

진정한 친구가 두 명밖에 없어서 좋을 때도 있다.

예를 들자면 스스로를 과시하는 온갖 플랫폼을 돌아다니면서 내가 얼마나 아름다운지, 얼마나 인기가 많은지, 얼마나 성공적으로 살아가는지를 모두에게 애써 보여 줄 필요가 없다.
나는 나에 대해 제대로 모르는 수백 명의 '친구'라고 불리는 사람들과, 현실에서 나를 정말 아끼는 두 사람을 절대로 바꾸고 싶지 않다.

사람들의 너무나도 완벽해 보이는 외모와
너무나도 완벽해 보이는 인생은 진정성 있는
모습보다는 포즈 취하기에 더 가깝고,
즉흥적이라기보다는 계산적이고,
독창적이기보다는 의도적이다.

그 사람들이 카메라 앱의 필터 없이 거울 속 자신의
모습을 있는 그대로 바라볼 수 있을까? 성공적인 공연만
가치가 있으며 끊임없이 자신을 꾸며 내야 하는 무대로서
인생을 보지 않고, 모든 것을 잊을 만큼 순간에 잠겨서
그 자체로 존재할 수 있을까?

그륀비들 선생님이 구겨진 신문지 조각을 내 손에 쥐여 줬다. “이게 뭐예요?” 내가 물었다. “어쩌면 입장권이 될 수도 있어.” 선생님이 비밀스러운 눈빛으로 나를 바라봤다. “어디로 들어가는 입장권인데요?” “너한테 어울리는 삶으로 들어가는 입장권일지도 몰라.” 선생님이 대답했다. “너무 깊게 생각하지 말고, 그냥 도전해 봐. 네 작품은 유머러스하고 표현 방식도 좋아. 넌 재능이 있어.”

선생님은 미소를 짓고는 급히 교실에서 나갔다.

어쩌면 그륀비들 선생님도 학교 다닐 때 반에서 특이한 애로 불렸을지 모른다. 아마도 그래서 내가 선생님의 미술 수업뿐 아니라 선생님 자체를 좋아하는 것일 수도 있다.

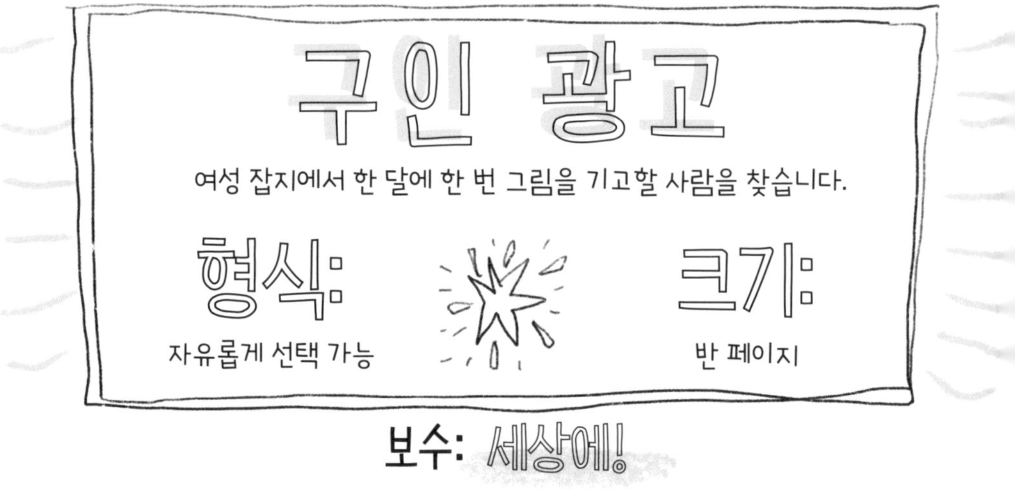

주스 가게에서 거의 열 번은 일해야 받을 수 있는 돈과 비슷한 금액이었다! 그 돈이면 하이디의 피아노 레슨비를 낼 수 있고…… 그것 말고도…… 또…… 잘 모르겠지만, 수천 가지를 할 수 있을 거다!

그래, 마이아, 이제 스스로를 의심하지 마.

그러지 말고, 해 보자!

나는 제일 잘 그린 그림들만 추려서 지원했다.

일자리를 얻을 수 있겠지.

어쩌면, 아니

아마도, 아니 그게 아니라

자기 딸이 여의사가 되려 한다고 사회 복지사가 말했다. 엄마는 의과 대학 과정을 4분의 3 정도 마친 뒤에 그만뒀다(4분의 3 과정을 마쳐도 할 수 있는 일은 별로 없지만, 최소한 이 남자에게 멍청이 취급을 받을 필요는 없다). 사회 복지사는 맞은편 소파에 앉았고, 엄마가 커피와 케이크를 대접했다. "여의사가 아니라 그냥 의사겠죠." 내 말에 그 사람은 어리둥절해하다가, 곧 나를 독살스럽게 노려봤다. 나도 똑같이 독살스럽게 노려봤다.

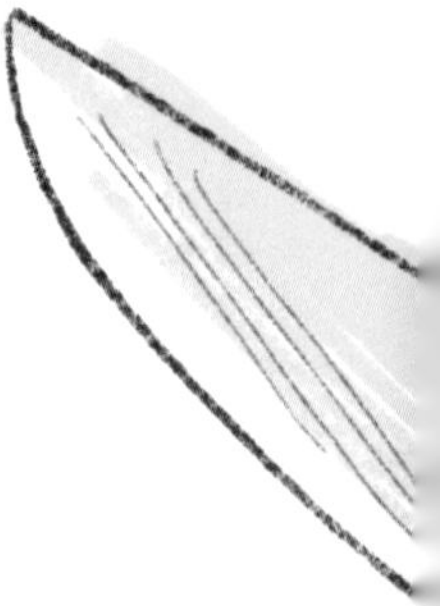

다들 입을 열기 전에 제대로 말하는 법부터 좀 배워라!

당연하게도 외과 의사와 관련된 다노의 테스트가 떠올랐다. 다노는 알렉스의 질과 외음부 테스트를 통과할 수 있을까? 다노라면 해낼 것도 같다. 하지만 알렉스가 다노에게 질문을 던지지는 않을 것이다. 다노는 알렉스의 스타일이 아니니까. 그렇다면 그 반대는 어떨까? 알렉스는 다노의 스타일일까? 다노의 이상형은 어떤 사람일까?

산

장유유서

안

얼룩말

"유산이 뭐야?" 루트가 물었다. 엄마는 당황스러운 표정으로 주위를 둘러봤다. 그러더니 헛기침을 하고는 대답했다. "음, 그러니까, 지그린데 할머니가 우리에게 뭔가를 남기신다면, 그걸 유산이라고 해." 우리는 엄마를 빤히 쳐다봤다.
그러다 모두 똑같은 생각이라도 한 듯이 동시에 고개를 돌려 하이디를 바라봤다. 얼굴이 새빨개진 하이디가 속삭였다. "설마, 얼룩말……?"

엄마와 나는 서로 눈길을 주고받았다. 얼룩말은 너무 커서 절대 우리 집에 들여놓을 수 없다. "아니면 자동차!" 루트가 침묵을 깨고 소리쳤다. "왜 자동차야?" 어리둥절한 표정으로 하이디가 물었다. "혹시 어쩌면…… 집 아닐까?" 내가 조심스럽게 선택지를 하나 더 추가했다.

엄마는 어깨를 으쓱했다. 왠지 기분이 안 좋아 보였다. 그때 하이디가 갑자기 울음을 터뜨렸다. 지그린데 할머니가 그리워진 듯했다.

우리 모두 할머니가 그리웠다.
다들 부끄러운 마음에 바닥만 내려다봤다.

오늘 아침에 가게 문을 여는데 아주 좋은 아이디어가 떠올랐다. 그 정글의 동물 남자가 다시 찾아온다면, 이 세상에서 제일 맛있는 트로피카나 스무디를 맛보게 해야겠다는 아이디어가(그래야 계속 다시 찾아올 테니까).

그래서 어떻게 했냐고? 내 전임자가 일러 준 대로 과일을 적게 쓰는 대신, 정확한 레시피대로 주스를 만들었다. 정말 고된 노동*과 엄청나게 많은 싱싱한 과일이 필요했다는 뜻이다. 하지만 그럴 만한 가치가 있었다. 단골손님들이 모두 이렇게 말했으니까.

"와, 오늘은 특별한 걸 넣었나요?" 완벽한 성공이었다.

나는 스스로가 무척 자랑스러웠다.

전화가 걸려 오기 전까지는 그랬다. 가게 주인은 도대체 지금 무슨 짓을 하고 있냐며, 당장 해고당하고 싶지 않으면 예전 방식대로 하라고 했다. (즉, 3분의 1은 싱싱한 과일을 짜내고, 3분의 2는 할인 매장에서 파는 종합 비타민 주스를 섞으라는 뜻이다.)

CCTV가 내 안부를 전한 모양이었다…….

그 멍청하고 절망에 빠진 여자는 아마도 호화로운 전원주택의 안락의자에 앉아서 인조 모피로 만든 받침대에 하이힐을 신은 발을 올린 채로 한 손에는 마티니를, 한 손에는 시가를 들고서 내가 일하는 모습을 지켜보고 있을지도 모른다.

이런 빌어먹을

같으니라고!

너무 끔찍한 표현이 아니라면 이렇게 소리치고 싶다.

* 파인애플을 잘라 대다가

단단한 이두박근이 생겼다!

나는 욕조에 가득한 물처럼 많은 양이

갑작스럽게 쏟아지는 **행운**을 바라거나

(언젠가 오기나 할지 모르겠지만)

아니면 **일상의 작은 행복**을

매일같이 모으곤 한다. 이런 행복은 사실 골무를 채울 정도밖에 되지 않을 때가 많다. 하지만 계속 모으다 보면 시간이 흐르면서 어느새 머리부터 뛰어들 수 있는 자그마한 호수가 된다.

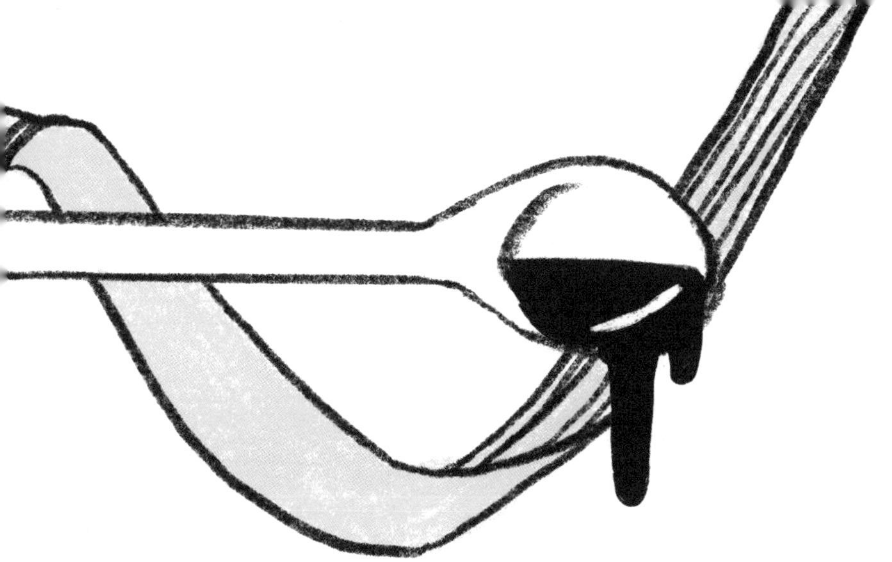

행복 #1

일요일 아침.

학교 수업 없음.

종일 잠옷 차림.

가족들 전부 외출함.

냉장고에 반 컵이나 남아 있는 초콜릿 우유.

유리창으로 들어오는 햇살.

그리고 라디오에서 흘러나오는

제일 좋아하는 노래.

알렉스와 나는 알렉스의 침대에서 뒹굴뒹굴했다.

알렉스는 과학 잡지를 읽었고, 나는 일기장에 낙서를 끄적였다.

나: 알렉스!

알렉스: 으응?

나: 난 너의 비밀을 알아.

알렉스(생각에 잠긴 듯한 표정으로): 뭔데?

나: 몰래 여성 잡지를 읽는다는 거.

알렉스(얼굴이 빨개지며 – 어쨌든 내 눈에는 그렇게 보였다): 뭐라고?

나(웃으며): 오늘, 네 가방에 삐죽 나와 있는 『코스모폴리탄』을 봤어.

알렉스(어깨를 으쓱하며): 적을 알아서 나쁠 건 없잖아. 대항하며 싸우는 상대에 관해서 잘 알고는 있어야지.

내가 빤히 쳐다봐도 알렉스는 눈 하나 깜짝하지 않았다.

아마 거짓말이 아니라고 스스로 설득하는 중인 것 같았다.

나: 알렉스!

알렉스: 으응?

나: 내가 널 사랑한다는 거 알아?

알렉스(웃으며): 그럼, 알지.

나: 하지만 왜 사랑하는지는 모르지?

알렉스: 응.

나: 네가 센스 있고 재밌어서, 내가 먹기에도 충분할 만큼 냉장고를 꽉 채워 두는 너희 어머니 때문에, 날 언제나 환영하는 것만 같은 너의 커다란 침대 때문에(이 말을 듣더니 알렉스는 나에게 잡지를 던졌다)

널 사랑해. 하지만 널 사랑하는 가장 큰 이유는 네가 지키려는 원칙들과 그걸 관통하는 작고 섬세한 틈새들이 있기 때문이야.

이렇게 현명한 말을 한 지 2초도 지나지 않아서, 알렉스는 나에게 몸을 다가붙더니 주먹으로 툭툭 건드려 댔다. 나는 신경질적인 비명을 지를 수밖에 없었다. 하지만 알렉스를 사랑하기 때문에, 그 손길을 열정적인 간지럼 태우기라고 생각하기로 했다.

그륀비들 선생님이 수업 장소를 야외로 옮겼다. '식물 탐구'라는 이름으로, 우리는 휴대용 깔개와 스케치북과 연필을 챙겨서 운동장으로 흩어졌다.

"자세히 살펴봐." 그륀비들 선생님이 말했다. "그리려는 식물을 난생처음 본다고 생각하면서."

나는 깔개를 내버려 두고 그냥 땅바닥에 앉았다. 바닥이 차긴 했지만, 그렇게 하면 잎사귀가 반쯤 말린 양치류에 아주 가까이 다가갈 수 있었다.

조금 떨어진 곳에서 다노도 땅바닥에 앉아 있었다. 어떤 식물을 골랐는지는 알 수 없지만, 다노는 손가락 사이로 연필을 돌리며 집중해서 식물을 관찰하는 중이었다.

처음 보는 매듭 팔찌가 다노의 손목에서 달랑거렸다. 아마 그동안 겨울이라 줄곧 긴팔 스웨터를 입었기 때문에 보지 못했을 것이다.

아니면 내가 다노를 그렇게 자세히 본 적이 없었기 때문일 수도 있고.

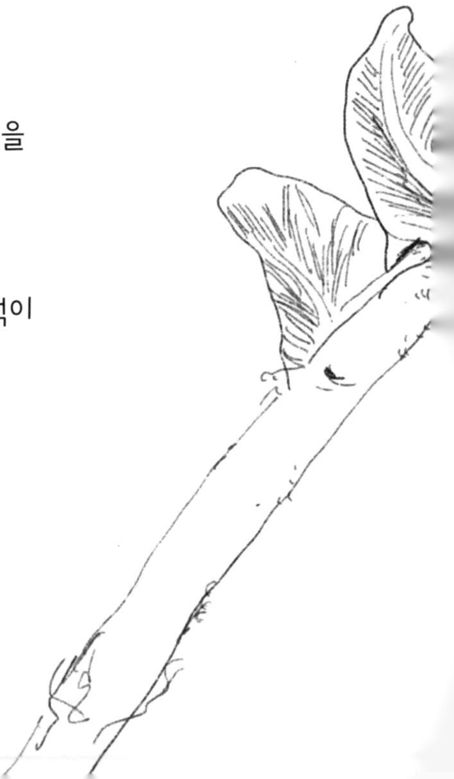

어떤 사람들의 사고방식은
두 가지 범주로만 한정돼 있다.
동의 아니면 거부,
남자 아니면 여자,
뜨겁거나 차갑거나,
옳거나 그르거나,
검거나 흰 것으로.

하지만 나는 그사이에 존재하는
수많은 뉘앙스,
세세한 부분들,
삶에 조미료를 더하는
모순을 좋아한다.

(카를라는 그저 카를라다.)

#2

hap

밖은 따뜻했고 가게 안은 서늘했다.

나는 가게 문을 열고 봄을 맞아들였다.

그리고 봄과 함께 선크림과 땀과

라일락과 따뜻한 아스팔트와 바닐라 향수와

감자튀김 냄새가 뒤섞여 합쳐진

특별한 향기도 들여보냈다.

어젯밤 집으로 가는 길에, 카를라가 낯선 두 남자의 공격을 받았다. 카를라는 힘이 세지만 두 남자가 카를라보다 더 셌고, 너무 순식간에 일이 벌어졌다. 그 때문에 카를라는 눈에 멍이 들고, 입술이 붓고, 뒤통수가 찢어지기까지 했다.

이들아!
지구 밖으로
꺼져 버려!

우리는 알렉스네 집 테라스에 쪼그리고 앉아 있었다.
무슨 말을 해야 할지 떠오르지가 않았다.
엥겔베르트는 앞만 노려보다가 입을 뗐다. "언젠가 이런 일이 일어날 거라고 충분히 예상하고 있었어. 페니스가 달린 여자를 공격할 거라고 말이야."

"뚱뚱한 여자도 마찬가지야." 내가 중얼거렸다.
엥겔베르트가 나를 빤히 바라봤다. 조금 화가 난 듯했다.
자기가 당한 공격이 내 외모를 비하하는 말과는 비교도 안 된다고 생각하는 걸까.
"야, 그런 말들이 나한테는 정말로 상처가 된단 말이야!"
나는 스스로 정당화하듯 말하고는 씩씩거렸다.
엥겔베르트는 여전히 이상한 눈빛으로 나를 바라봤다.
왜 우리가 갑자기 맞서 싸우게 됐을까?

"여자로 사는 건 참 힘들어."
알렉스가 나지막하게 말했다. 알렉스의 목소리에는 나를 귀 기울이게 하는 뭔가가 깃들어 있었다.
알렉스가 지금까지 어떤 구역질 나는 경험을 했는지, 그러고도 왜 나에게 말하지 않았는지는 알 수 없었다.
하지만 말하지 않은 이유를 알 것 같았다.
제일 친한 친구에게조차 털어놓기 힘들 만큼 부끄러웠기 때문일 것이다.

하지만 부끄러워해야 할 사람은
우리를 욕하고, 때리고, 쓰레기로
취급하는 사람들이다. 또는
원하지 않는데도 스킨십하는
사람들과 마치 우리가 원했으니
우리 잘못이라는 기분을
느끼게끔 하는 사람들이다.

우리는 한동안 당황스러운
심정으로 바닥을 내려다봤다.

그러다 나는 한쪽 팔로 알렉스를,
다른 팔로 엥겔베르트를 감싸 안았다.

우리는 더 가까이 붙어 앉았다.
아무 말 없이 그냥
서로를 꽉 껴안았다.

우리 엄마 친구 중에 시골의 작은 집에 사는 분이 있다. 예전에 엄마 친구의 이웃에 사는 중년 부부가 울타리 너머로 계속 불평을 했다고 한다. 엄마 친구네 집 정원에 잡초가 너무 무성하다는 둥, 음악을 너무 크게 튼다는 둥, 집 앞에 차를 세우면 안 된다는 둥, 불만투성이들이나 생각해 낼 만한 불평들을 쏟아 냈다. 그러던 어느 날, 엄마 친구는 너무 짜증이 났다. 그래서 보름달이 뜬 날에 정원으로 나갔다. 그러고는 옆집과 경계를 나누는 울타리를 따라서 몇 군데에 쪼그리고 앉아 생리혈을 조금 흘렸다고 한다. 그때 이후로 이웃의 불평은 순식간에 그쳤다. 어쨌든 엄마 친구 말로는 그랬다.

그 방법이 정말로 효과가 있어서, 생리혈을 뿌리기만 하면 욕을 하거나 스킨십하거나 폭력을 쓰는 등 귀찮게 구는 온갖 사람들을 막을 수 있다고 상상해 보자. 그게 가능하다면 이렇게까지 배가 아프고 가슴이 당기는 끔찍한 '생리 전 증후군'도 견딜 만한 가치가 있을 것이다.

(이야기를 끊어서 미안하지만, 당장 뭔가를 수천 조각으로 찢고, 한바탕 울고, 초콜릿도 한 판 먹어야겠다…….)

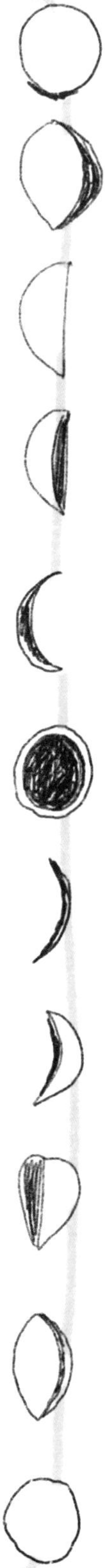

피아노 레슨 선생님은 해변의 모래알만큼 많은 것 같다.

어떤 기준으로 선택해야 할까? 이름?

이런 이름들이 있었다.

루드비카 키스
올가
보이치에초프스키
(이름이
너무 어려워서
간단하게 '올가 부인'
이라고 불러야 한다.)

루트가 침대에 누워 흐느끼고 있었다.

"저리 가!" 내가 사다리에 올라서려고 하자 루트가 소리쳤다.

"못된 멍청아! 꺼지라고!"

내가 뭘 어쨌다고? 나는 아래쪽 내 침대에 앉아서 잠시 기다렸다가 다시 올라가려고 했다.

꺼지라니까!

그래도 포기하지 않고 위로 올라가 매트리스 가장자리에 앉았다. 그러고는 달래듯이 루트의 발목에 손을 올렸다. 루트는 다리를 휙 치우더니, 온 힘을 다해 나를 마구 걷어찼다.

"알았어!" 내가 소리쳤다.

"안 만질 테니까 무슨 일인지 말해 줄 수 있어?"

싫어! 루트가 고함을 지르더니, 몸이 흔들릴 정도로 마구 흐느꼈다.

동생 사용 설명서가 필요했다.

"아무도 나를 좋아하지 않아." 루트가 갑자기 입을 뗐다.

"학교에서도, 방과 후 교실에서도."

동생 사용 설명서가 정말 급하게 필요했다.

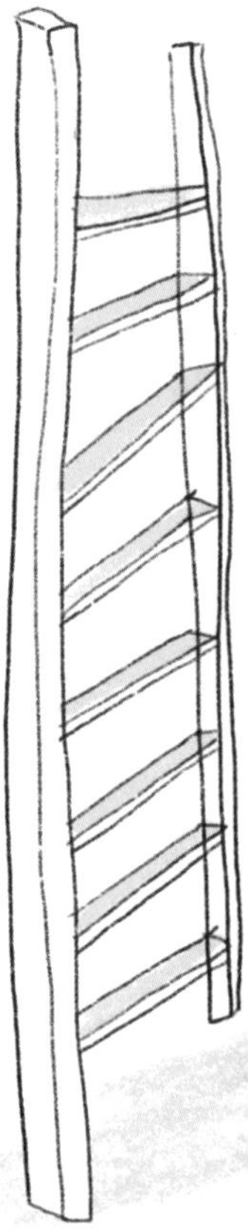

"알마는? 너랑 제일 친한 친구잖아."

알마는 나를 진짜 싫어해! 루트가 흥분하며 소리쳤다.

"나보고 맨날 내 맘대로만 하려고 하고, 엄청 잘난 척한다고 했단 말이야."

알마가 아주 틀린 말을 한 건 아니었다…….

"원래 친구들은 가끔 싸우는 법이야. 그러다가 다시 화해도 하고."

"언니는 아무것도 몰라!" 루트는 미친 듯이 매트리스를 두들겨 팼다.

어쩌면 루트 말대로 내가 아무것도 모르는 것일 수도 있다. 마음속 깊은 곳에서부터 근본적으로 뭔가 잘못됐다고 느낄 때 기분이 어떤지를.

이 세상에서 환영받지 못한다고 느낄 때 어떤 심정인지를.

루트는 가끔 그렇게 느끼는 듯했다. 그럴 때 루트를 그 감정에서 꺼내거나 그게 아니라고 설득할 수 있는 사람은 아무도 없었다.

"우유를 따뜻하게 데워서 꿀을 타 줄게."

이보다 더 나은 말은 떠오르지 않았다.

내가 사다리를 타고 내려가는 동안에도 루트는 여전히 흐느꼈다.

나는 우유가 남았기를, 집에 꿀이 있기를 간절히 바랐다.

모든 사람은 제각기 다르면서도
모두 어딘가에 소속되어 있다.
우리는 사실 아주 크게 다르지
않기에, 결국에는 모두 하나다.

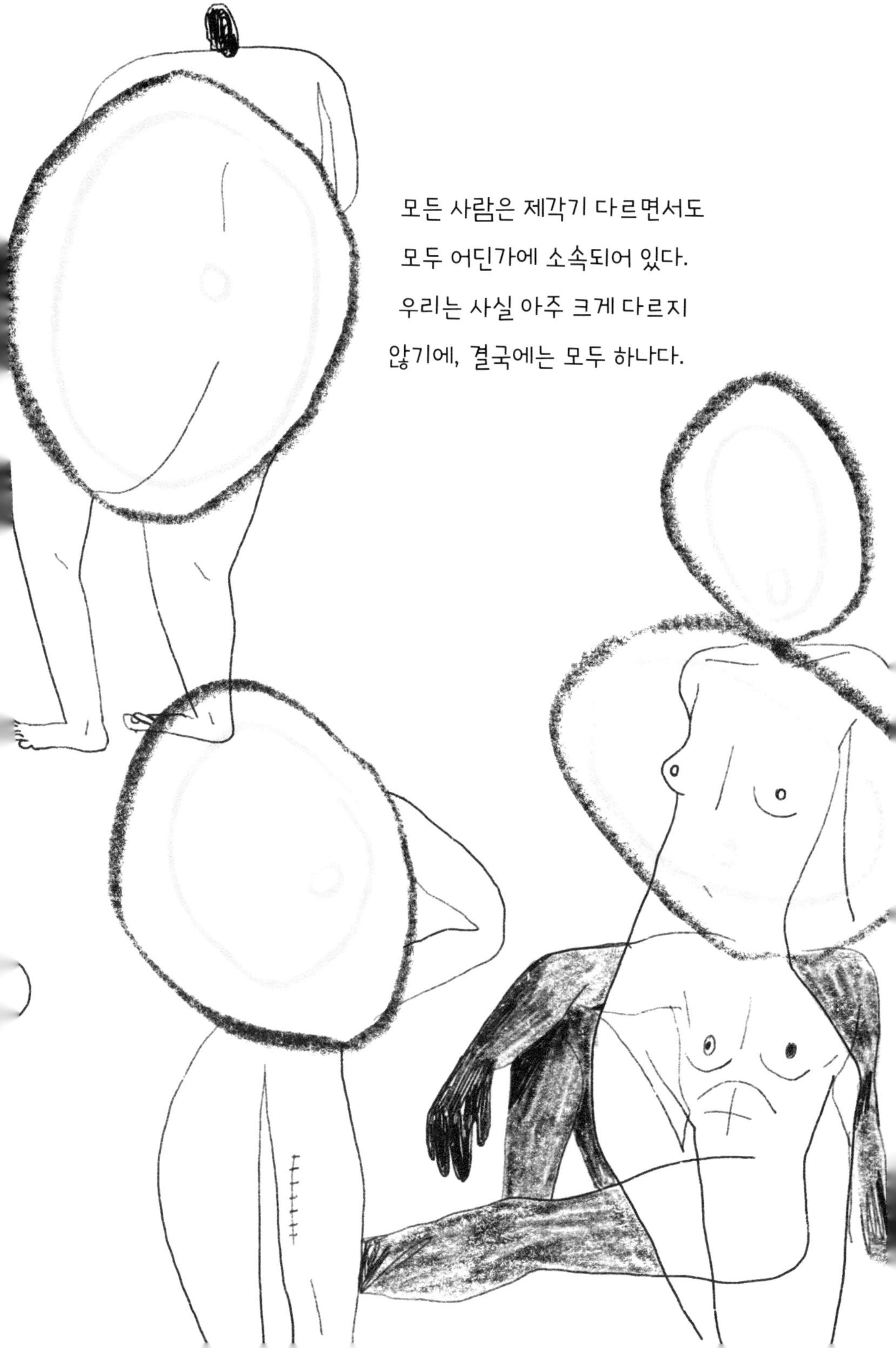

우리 집 골목길로 접어들다가, 나는
하마터면 다노와 부딪힐 뻔했다.
우리는 어리벙벙한 채로 서로를 바라봤다.

"너, 이 근처에 살아?" 다노의 질문에
나는 고개를 끄덕이고 되물었다. "너는?"
"치과 가는 길이야." 다노가 정확하지
않은 방향을 턱으로 가리키며 말했다.

학교가 아닌 곳에서 다노를 만나니
기분이 묘했다.

"난 가야겠다." 다노가 말하더니 이렇게
덧붙였다. "아쉽지만."
"그래." 내가 대답했다.
"안녕." 다노가 미소를 짓고는 돌아섰다.

나는 다노의 뒷모습을 바라봤다.
이번에도 빙고 셔츠를 입고 있었다.
양로원에서 저렇게 멋진 선물을 받을 수
있다니!

"빙고 게임을 하러 갈 때 나도 데리고 갈 수 있어?"

나는 여전히 다노의 뒷모습을 바라보면서 이렇게 메시지를 보냈다. 다노가 바지 주머니에서 휴대폰을 꺼내는 모습이 보였다. 그러고는 내 시야에서 사라졌다.

아마 내 메시지를 읽는 중이겠지. 나는 "엥?" 또는 "미쳤어?" 같은 답장이 올 거라고 예상하며 답을 기다렸다.

하지만 10초 뒤에 알림이 와서 보니 이런 메시지가 와 있었다.

"빙고 게임? 물론이지! 네가 이런 걸 물어볼 일은 평생 없을 줄 알았어! :-)"

아무튼 진짜 특이한 애다.

몇 년 전, 지그린데 할머니가 나에게 무엇을 가장 원하냐고 물어본 적이 있다. 나는 엄마가 집에 있는 시간이 더 길었으면 좋겠다고 바로 대답했다.

나는 이제 열여덟 살이지만,

다시 물어도 내 대답은 같을 것이다.

내 소망은 내가 아니라 엄마가 일을 덜 하는 것이다.

학교가 끝나고 집으로 돌아갔을 때 엄마가 있고,

게다가 즐거워 보이기까지 한다면 더욱 좋겠지.

나는 수학 숙제를 했고, 하이디는 또 종이 피아노 앞에 앉아서 혼자 뚱땅거렸다. 그 몸짓을 뚱땅거린다고 말할 수 있는지는 모르겠지만.
하늘이 어두워졌다.
“새로 작곡하는 거야?” 내가 물었다.
하이디는 고개를 끄덕였다.
“나한테 들려줄 수 있어?”
하이디는 부끄러운 듯 어깨를 으쓱했지만, 멜로디를 나지막하게 흥얼거리며 건반 위로 손가락을 움직였다.

나는 일어나서 창문을 닫았다. 분명히 비가 쏟아질 것 같았기 때문이다. 그런 다음 방 한가운데에 서서 팔을 머리 위로 올렸다. 하이디는 흥얼거리며 건반을 쳤고, 나는 피루엣을 하며 토 댄스를 췄다.

갑자기 굵은 빗방울이 유리창을 때리고 소음이 모든 것을 뒤덮었지만, 우리를 방해하지는 못했다.
우리는 개의치 않고 계속했다.
나는 프리마 발레리나, 하이디는 종이 피아노의 솔리스트였다.

나는 3주 전부터 주스 가게 아르바이트를 그만두고 그림으로 돈 버는 꿈을 꾸고 있었다. 그런데 바보 같은 편지가 3초 만에 모든 희망을 없애 버렸다.

"이런 소식을 알려드리게 되어 죄송합니다……."

울음이 터질 것 같았다.

알렉스가 형광펜을 들더니, 문장 하나에 밑줄을 그었다.

"귀하는 최종 3인 가운데 한 분이었습니다."

#3

내 눈이 또 어둠을 향해서

긍정적인 부분을 보지 못할 때

그쪽으로 내 시선을 돌려 주는

친구가 있다는 것.

우리 집 창문 바로 앞에서 자라는 나무는

방으로 긴 그림자를 드리운다.

그때그때 기분에 따라 나는

그림자에 위협을 느끼기도 하고,

반대로 따스하게 안겨 있다는

느낌을 받기도 한다.

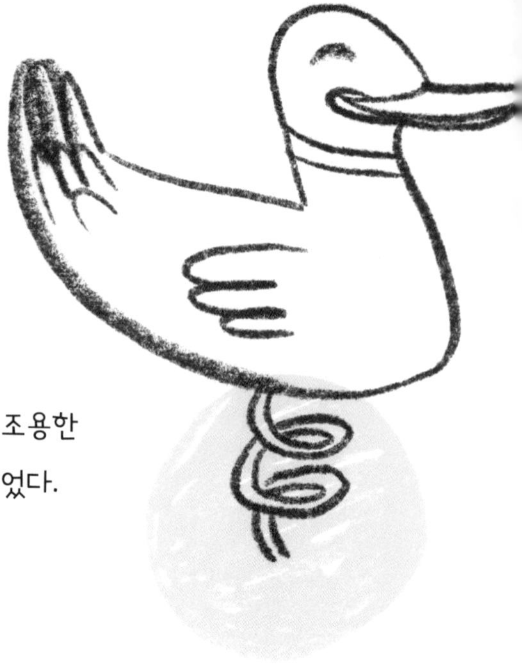

루트와 알마는 울타리로
둘러싸인 구장에서 축구를 했고,
하이디와 친구 펠릭스는 정글짐
꼭대기에 앉아 무언가 일을 꾸미고
있었다.
엥겔베르트와 나는 오늘따라 무척 조용한
모래 구덩이의 가장자리에 앉아 있었다.

너, 행복하니?

나는 손가락으로 모래에 질문을 적었다.
엥겔베르트는 생각에 잠겼다.

가끔

엥겔베르트가 답을 적었다.

그걸로 충분해?

내가 더 깊이 캐물었다. 엥겔베르트는
집게손가락을 내밀어 모래에 대고는 망설였다.

오래도록.

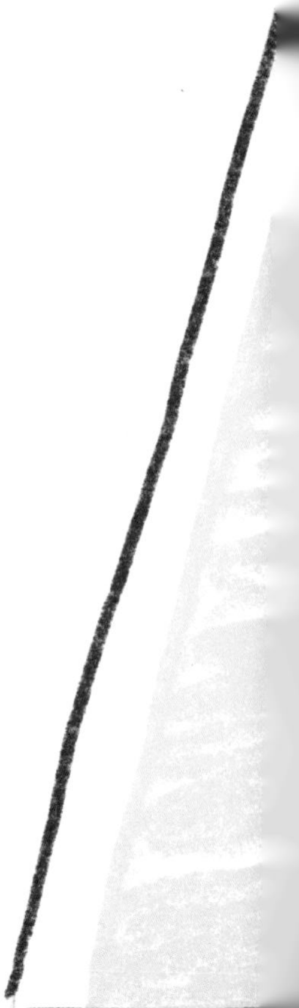

그러다 마침내 나를 쳐다봤다.
"인생이 아름답다고 생각하는 건
의지에 달린 문제 같아."
엥겔베르트는 이렇게 말했다.
그러고는 미소 지었다.

엥겔베르트의 눈 주위 피부는 여전히
초록빛이 감도는 노란색이었다.
뺨에는 속눈썹 한 올이 떨어져 붙어 있었다.
나는 손을 뻗어 속눈썹을 떼어서 손에 쥐고는
"소원을 말해 봐."라고 말할 수도 있었다.
하지만 그대로 두었다.

바람이 불어와 속눈썹을 떼어 갈 테니까.

새벽에 저승사자가 우리 집 소파에 앉았다.
위스키를 마시며 두툼하고 진한 시가를 피웠다.
"이게 저승사자라서 좋은 점이지." 저승사자가
설명했다. "온갖 악습을 즐길 수 있거든."
그러더니 한참 동안 아무 말도 없이 그저 음악에
맞춰 발가락만 까닥거렸다.
그러다 갑자기 입을 뗐다. "죽여주는 노래야."

마침내 저승사자는 잔을 내려놓고 시가를 끈 뒤에
몸을 일으켰다.
"그럼 이만 가야겠다. 네 엉덩이에 불을 붙여서
움직이게 하려고 들른 것뿐이야."

와, 저승사자는 이런 식으로 말하는구나!
물론 아무도 내 말을 믿지 않는다.
분명히 지그린데 할머니는 가끔 저승사자와 탱고를
추고, 저승사자가 방귀를 뀌면 야단칠 것이다.

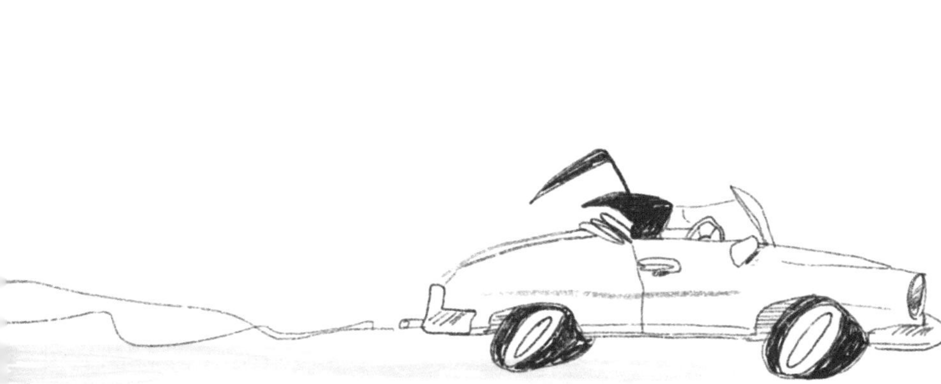

하이디가 다리를 마구 버둥거렸다.

"지금 어디로 가는 건지 제발 좀 말해 줘."

"거의 다 도착했으니까 조금만 참아."

"제발, 제발, 제발, 제발, **제발!**"

다른 승객들이 우리를 쳐다봤다.

"'안나 그라우'라는 사람한테 가는 길이야."

내가 속삭였다.

하이디가 눈을 동그랗게 떴다.

"그게 누군데?"라고 눈빛으로 묻고 있었다.

"그라우, 그러니까 독일어로 '회색'이라는 단어는 검은색과 하얀색이 섞인 색을 말해."

내가 대답했다. "그 이상은 알려 주지 않을 거야."

괜찮은 피아노 레슨 선생님을 찾는 여정이었다.

"……유전형은 유전적 특성을 의미하며, 표현형은……."

그때 클라우디아가 손을 번쩍 들더니 말했다.

"외면의 특성을 나타냅니다!"

"빙고!" 생물 선생님이 크게 소리쳤다.

나는 히죽이며 다노를 건너다봤다. 동시에 다노도 나를 쳐다봤다.

그러고 나서 왜 그런 일이 일어났는지는 스스로에게도 설명하지 못하겠다. 사실 전혀 우스운 일이 아니었으니까. 다노가 싱긋 웃는 모습에 나는 킥킥 웃음이 터졌고, 그 모습을 본 다노가 다시 크게 웃어서 우리 둘은 갑자기 웃고 또 웃었다. 도무지 웃음을 멈출 수가 없었다.

다들 우리를 빤히 쳐다봐서 웃음을 억누르려고 노력해 봤다. 하지만 그럴수록 더욱 참을 수가 없었다.

다노를 슬쩍 보기만 해도 웃음의 파도가 밀려와서 계속 같은 상황이 반복됐다.

참다못한 생물 선생님이 우리를 내쫓았다.

"둘 다 나가!"

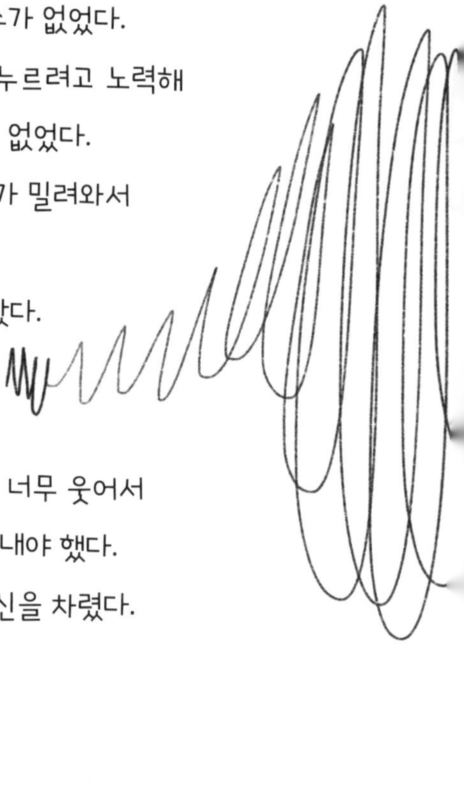

그래서 우리는 복도에 서 있었다. 나는 너무 웃어서 눈물이 계속 나는 바람에 자꾸만 닦아 내야 했다.

그러다 마침내 우리는 아주 천천히 정신을 차렸다.

나는 거의 지친 상태로 벽에 기댔고, 다노도 내 옆에 기대어 섰다.
우리는 미소를 지었다. 마주 보지 않고 그냥 앞을 본 상태로.
우리는 이제 서로 뭔가를 공유하고 있다는 사실을 알고 있었다.
우리끼리만 통하는 농담과, 동시에 터지는 웃음 같은 것.

“들어갈까?” 다노의 말에 나는 고개를 끄덕였다.
다노가 문을 열었고, 우리는 재빨리 각자의 자리로 갔다.

알렉스가 내 팔짱을 끼며 물었다.
“조금 전에 그건 무슨 일이야?”

나는 대답 대신에 되물었다.
“왜 지금까지 다노를 제대로 알지 못했을까?”
알렉스가 이마를 찌푸렸다. “오!” 그러더니 말했다.
“진동이 느껴지네!”
“너 미쳤어? 갑자기 웬 진동?”
“너, 걔를 좋아하는구나?”
나는 어깨를 으쓱하고는 대답했다. “그래, 근데 그냥 좋아.
특이한 애잖아. 좋은 의미로.”

알렉스는 의심스럽다는 듯이 나를 쳐다봤다. 나는 알렉스가 다른 말을 꺼내기 전에 팔짱을 풀고는 버스에 올라탔다. 그러고는 창문 너머로 알렉스에게 손 키스를 보냈다.

"마이아!"

엄마가 내 앞에 섰다.

늘 그렇듯이 피곤해 보였다.

"네가 하이디를 위해서 추가 근무를 하는지
전혀 몰랐어……."

엄마는 말을 멈추더니 나를 빤히 보기만 했다.

"하이디한테 너 같은 언니가 있어서
다행이다."

나는 조금 당황했지만 고개를 끄덕였고,
엄마는 희미하게 미소 지었다.

나를 꽉 안아 줄 수도 있었을 텐데,
엄마는 그러지 않았다. 그래도 나는
엄마가 하고 싶은 말이 뭔지 알 것 같았다.

임 거지?

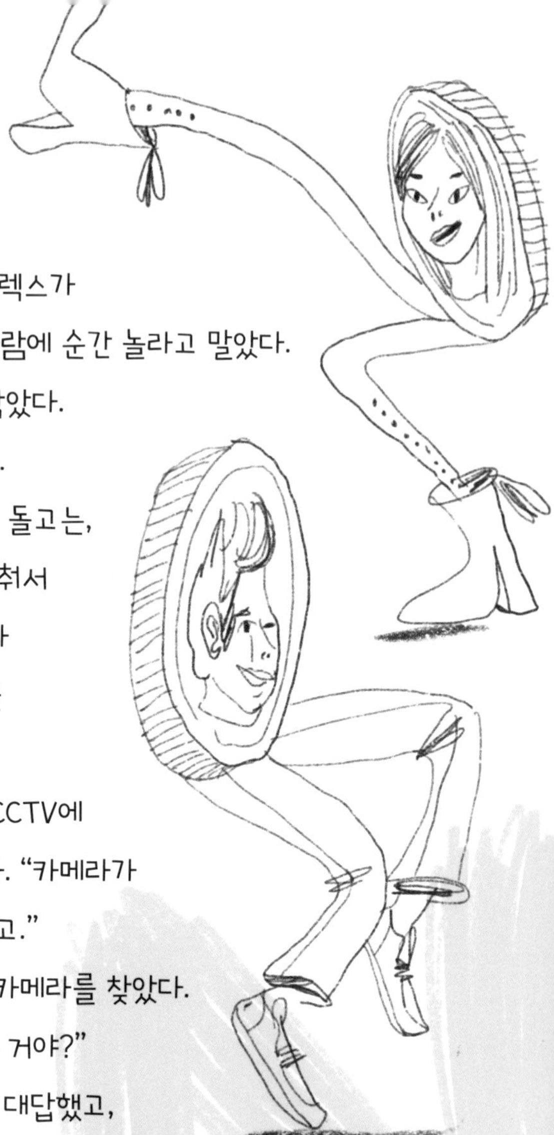

카를라와 알렉스가

불쑥 나타나는 바람에 순간 놀라고 말았다.

나는 앞치마에 손을 닦았다.

"멋지네." 알렉스가 말했다.

"아, 그래?" 나는 한 바퀴 빙 돌고는, 늘 똑같은 70년대 팝송에 맞춰서 엉덩이를 흔들었다. 카를라가 잘한다고 인정하듯 휘파람을 불었다.

"그건 그렇고, 우리는 지금 CCTV에 찍히고 있어." 내가 설명했다. "카메라가 어디 있는지는 아직 못 찾았고."

두 사람은 주위를 둘러보며 카메라를 찾았다.

"근데 도대체 어디를 가자는 거야?"

"파티!" 알렉스가 큰 소리로 대답했고, 카를라는 유혹하듯 입술을 핥으며 카메라에 잡힐 수 있도록 사방으로 몸을 돌려 댔다.

"가도 괜찮을까? 그러니까…… 지난번 일이 걸려서."

"그럼 네 모습 그대로를 받아들이지 않는 사람들이 자기들 맘대로 지껄이도록 내버려 두는 편이 괜찮다고 생각해?"

카를라가 나를 도전적으로 빤히 보며 되물었다.

“그래, 알았어.” 나는 한숨을 내쉬며 말했다.

“하지만 아직 한 시간 더 일해야 해.”

“그냥 문 닫아.” 알렉스가 어깨를 으쓱하며 말했다.

나는 알렉스를 노려봤다.

조금은 당황스러웠다.

살짝 짜증도 섞였다.

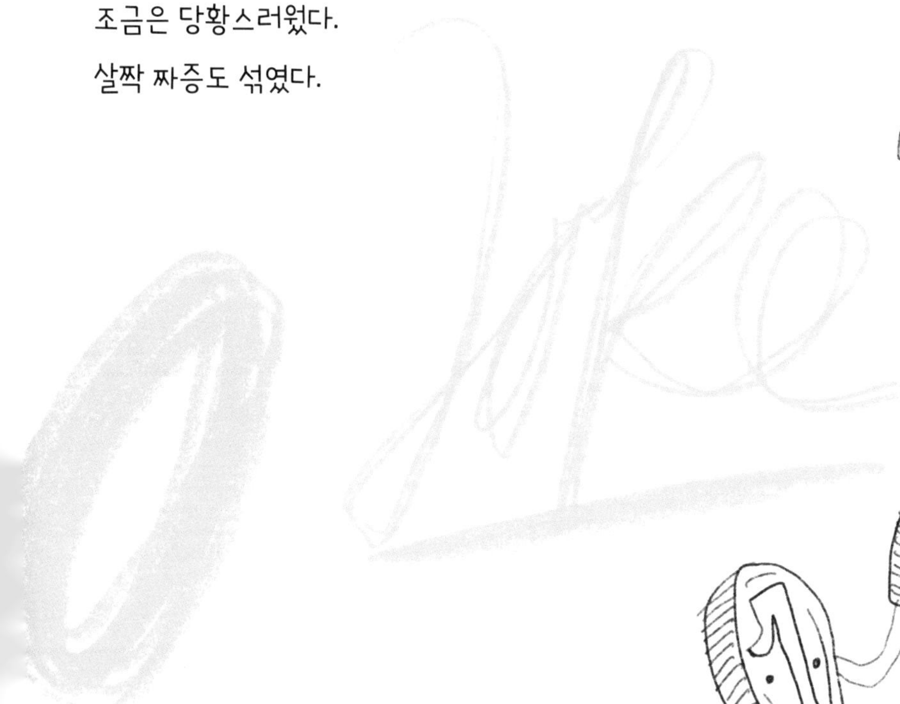

나랑 제일 친한 친구가

내가 재미로 일하지 않는다는

사실조차 모르다니. 개인적이고

사치스러운 욕망을 채우려고 이 일을

하는 게 아닌데 말이다.

알렉스가 눈을 흘기더니 말했다.

“그래, 알았어. 9시에 데리러 올게.”

우리는 카를라와 가장 친한 친구의 담당 헤어 디자이너와 예전에 같은 집에 살던 사람의 지인의 지인이 개최한, 절반쯤 사적인 파티에 갔다. 주최자가 누구인지 대충 말하자면 그렇다는 얘기다. 주스 가게에서 교대 근무를 두 번 해야 버는 돈에 해당하는 입장료를 카를라가 나 대신 내줬다. 알렉스는 드레스 코드에 전혀 맞지 않게 옷을 차려입은 내가 입장할 수 있도록 문지기를 구워삶았다.

그런 뒤에 우리는 갑자기 궁전 같은 곳에 있었다.
'궁전'이라는 단어를 천천히 음미해 보았다.
내 평생 그렇게 화려한 장소는 처음이었다.
"숙녀분들." 카를라가 말했다. "카르페 디엠이 아니고 카르페 녹템! 이 밤을 즐기라고!"
그러고는 붐비는 사람들 속으로 사라졌다.

나는 알렉스를 바라봤다.
"여기 완전 미쳤다!" 알렉스가 고개를 끄덕였다.
그러고는 떠오르는 태양처럼 환하게 웃었다.
"준비됐어?" 알렉스가 물었다.
"준비됐어." 내가 대답했다.
이어서 생각했다. '좋았어.'

나는 그렇게 파티 한가운데에 있었다.

당연한 듯이 화려한 곳에서 열리는 파티에

참석하고, 수다를 떨고, 웃고, 춤추고,

시시덕거렸다.

미친 사람들 가운데 한 명이거나,

정상적인 사람들 가운데 한 명이다.

다 생각하기 나름이다.

난 그저 마이아일 뿐.

드레스 코드는 전혀 안 맞지만,

분위기에 압도된 마이아.

화장실에서 나오는데 카를라가 불쑥 눈앞에 나타났다.
나는 친구의 목을 얼싸안았다.
"카를라, 어디에 있었어?"
"음." 카를라는 생각을 좀 해 봐야 한다는 듯이 반응했다.
"아마 일종의 탈의실이었을 거야."
"일종의 탈의실? 거기서 뭘 했는데?"
"옷을 입었지. 그러니까, 일단 벗은 다음에 말이야."
카를라가 진지한 표정으로 나를 바라봤다.

그러다 갑자기 웃음을 터뜨리는 바람에 작은 침방울들이 입에서 튀어나왔다.
카를라는 웃느라 몸을 뒤흔들었고, 나는 그저 따라 웃을 수밖에 없었다. 너무 웃어서 온몸이 아플 지경이라 바닥에 주저앉았다.
카를라도 나처럼 주저앉았는데, 내 옆이 아니라 위에 앉아서 그대로 누워 버렸다.

"너랑 탈의실에 같이 들어간 운 좋은 애는 누구였는데?"
"루이 14세."
"태양왕 말이야?"
나는 대단하다는 듯이 휘파람을 휙 불었다.
"그럼. 왕 위로 바로 올라갈 수 있는데 왜 미천한 백성으로 만족하겠어? 아니, 왕이 아니고 왕좌 위 말이야. 왕좌!"

두어 잔 마신 음료수와 지독한 피로와 저녁에 일어난 믿을 수 없는 모든 일이 내 머리를 완전히 빙빙 돌게 했다.

지나가던 알렉스가 어슬렁거리는 우리를 보고는 일부러 과장해서 비난하듯이 집게손가락을 흔들어 댔다. 그러고는 이미 주저앉아 뒤엉킨 둘 사이로 끼어들었다.

우리 셋은 사방을 향해 거리낌 없이 웃어 댔다.

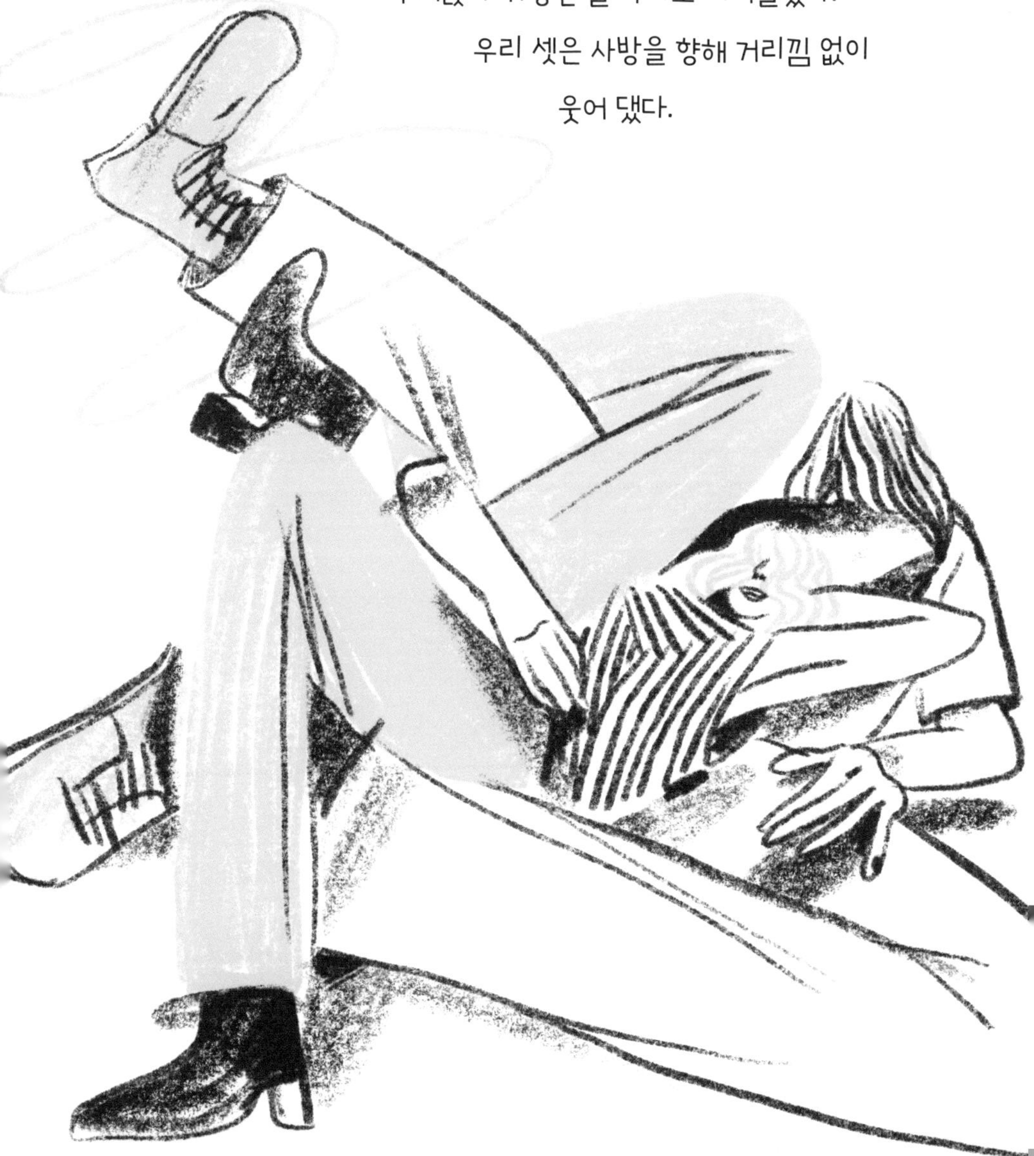

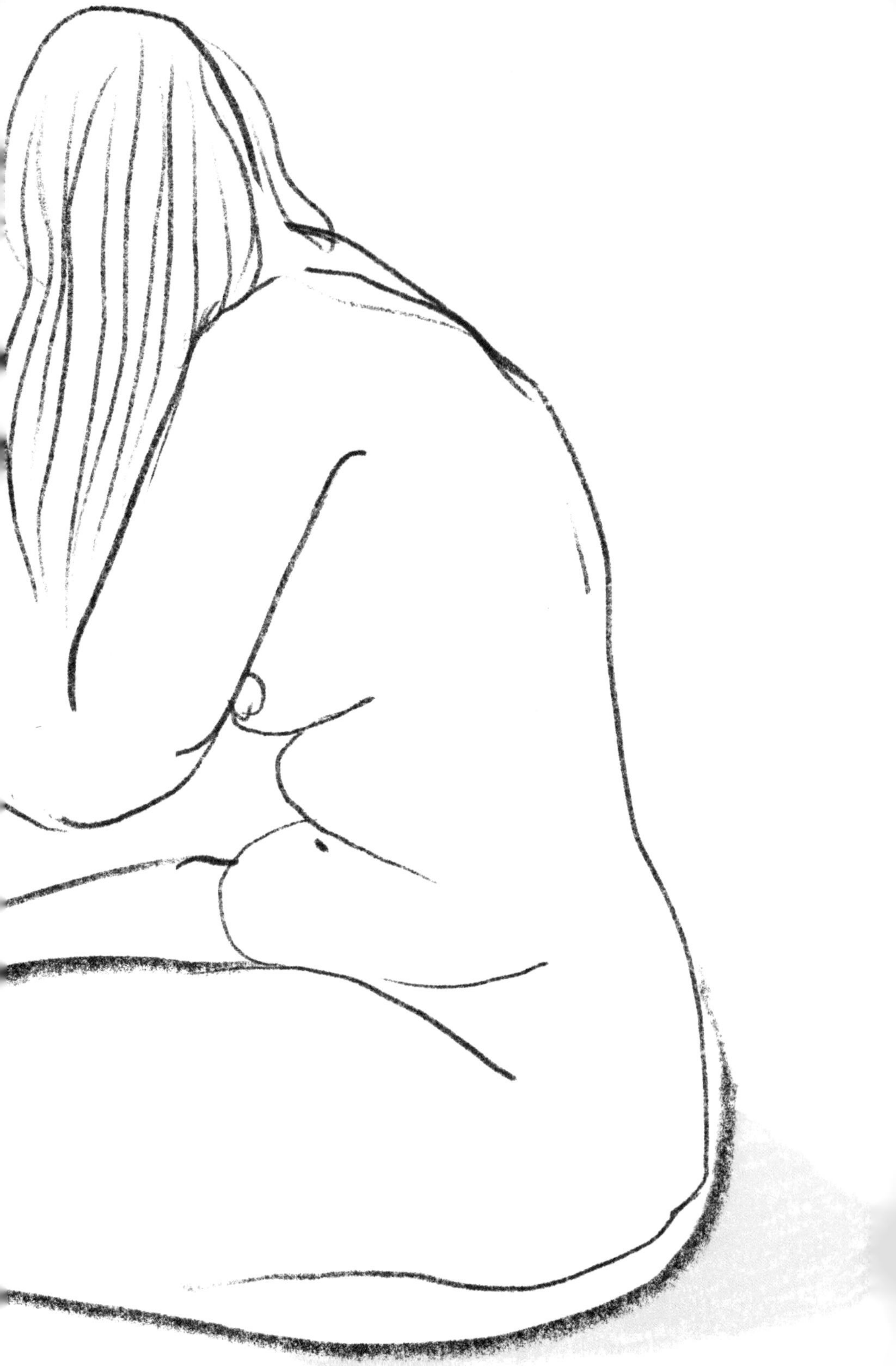

다른 어딘가에서 누군가는
일반적인 기준에 맞지 않더라도
자기 모습 그대로,
자기 인생 그대로
만족했으면 좋겠다.

여기가 아닌 어디에서든.
우리가 아닌 누구더라도.

지그린데 할머니가 우리에게
유산으로 얼룩말을 남기지는 않았다.
자동차도 아니었고, 집은 더더욱 아니었다.

지그린데 할머니는 우리에게 곡 하나의 저작권을 상속해 줬다.
할머니가 직접 작곡한 곡이었는데, 이 세상 어디에서든 누군가
그 곡을 연주할 때마다 우리는 돈을 받게 된다.
그게 얼마인지는 잘 모른다.

아마 1년에 한 번 영화관에 갈 수 있을
정도일 것이다. 어쩌면 하이디가
일주일에 두 번 피아노
레슨을 받고, 루트가 가끔 반짝이는 물건을
사고, 내가 주스 가게에서 교대 근무를
하지 않아도 되는 정도일지도 모른다.

알게 뭐야.

한 가지는 확실하다. 지그린데 할머니는
늘 우리를 깜짝 놀라게 ~~했다.~~ 한다.
그리고 우리는 할머니가 사회 복지 차원에서
도와준 사람들이 아닌, 그 이상이었다. 어느 정도는
할머니의 진짜 손주 같은 존재였던 것이다.

#4 행복

루트가 숙제하면서 콧노래를 흥얼거렸다.

하이디는 퍼즐을 맞추고 있었다.

열린 창문으로 고기 굽는 숯 냄새가 바람에 실려 왔다.

까마귀 떼가 하늘을 가로질러 지나갔다.

나는 가게 문 앞 게시판에 '정글 스무디'라고 적었다.

신제품

그러고는 두어 걸음 물러나서 내가 쓴 글씨를
살펴봤다.

문득 문신한 남자가 오든 안 오든, 이제 더는
나에게 중요한 문제가 아니라는 생각이 들었다.
내 마음은 이미 한 걸음 앞서 있었는데
내 머리가 이제야 깨달은 것인지도 모른다.
문신한 그 남자보다 이렇게 말하는 사람이
훨씬 멋지다는 사실을 알게 됐나 보다.
"와, 누가 저렇게 매력적인 글씨를 썼나요?
혹시 당신이라면, 당장 계약할 수 있을까요?"
또는 이렇게 말하는 사람 말이다.
"테스트를 하나 낼게. 잘 들어 봐."
내가 좋아하는 사람은 그런 사람이다.

이러거나 저러거나,
어쨌든 여름은 올 것이다.
여름은 늘 믿을 만하다.

나는 지난 몇 주 동안 모은
자그마한 행복들을 쏟아부어 보았다.

그러고는 순식간에 엉덩이까지
차오르는 호수에 깜짝 놀랐다.
나는 숨을 깊게 들이쉬고
그 속으로 잠수해 들어갔다.

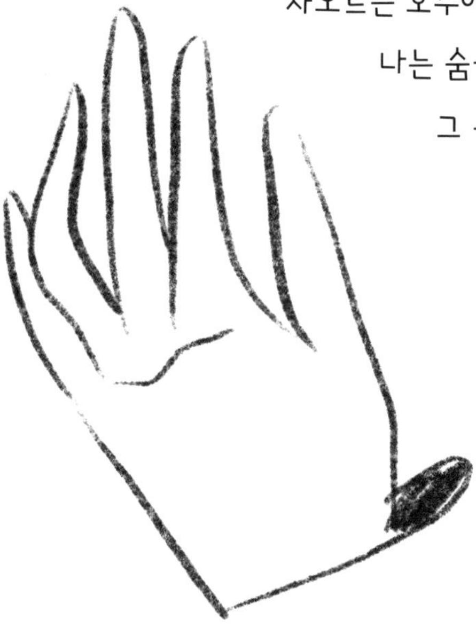

주변을 둘러보면서 깨달았다.
이곳은 완벽함과는 거리가 멀지만,
확실히 아름답다는 것을.

스무디 파라다이스에서 만나

초판 1쇄 펴낸날 2022년 2월 28일
초판 2쇄 펴낸날 2022년 12월 2일

지은이 엘리자베트 슈타인켈너
그린이 안나 구젤라
옮긴이 전은경
펴낸이 홍지연

편집 홍소연 고영완 전희선 조어진 서경민
디자인 권수아 전나리 박태연 박해연
마케팅 강점원 최은 신종연
경영지원 정상희 곽해림

펴낸곳 ㈜우리학교
출판등록 제313-2009-26호(2009년 1월 5일)
주소 04029 서울시 마포구 동교로12안길 8
전화 02-6012-6094
팩스 02-6012-6092
홈페이지 www.woorischool.co.kr
이메일 woorischool@naver.com

ISBN 979-11-6755-041-5 43850

• 책값은 뒤표지에 적혀 있습니다.
• 잘못된 책은 구입한 곳에서 바꾸어 드립니다.

만든 사람들
편집 김선현
디자인 박태연